EL CLAMOR
DE JONATHAN

ESTHER JULIA CAMACHO MÁRQUEZ

Reservados todos los derechos. No se permite la reproducción total o parcial de esta obra, ni su incorporación a un sistema informático, ni su transmisión en cualquier forma o por cualquier medio (electrónico, mecánico, fotocopia, grabación u otros) sin autorización previa y por escrito de los titulares del copyright. La infracción de dichos derechos puede constituir un delito contra la propiedad intelectual.

El contenido de esta obra es responsabilidad del autor y no refleja necesariamente las opiniones de la casa editora. Todos los textos fueron proporcionados por el autor, quien es el único responsable sobre los derechos de reproducción de los mismos.

Publicado por Ibukku
www.ibukku.com
Diseño y maquetación: Índigo Estudio Gráfico
Copyright © 2020 Esther Julia Camacho Márquez
ISBN Paperback: 978-1-64086-747-5
ISBN eBook: 978-1-64086-748-2

Tabla de Contenido

PRÓLOGO	7
CAPÍTULO I VIAJE HACIA LA TIERRA	15
CAPÍTULO II LLEGUÉ A MI NUEVA MORADA	21
CAPÍTULO III EL TRABAJO DE LAS CÉLULAS	23
CAPÍTULO IV MI MADRE IGNORA MI EXISTENCIA	25
CAPÍTULO V MI EXISTENCIA SALE A LA LUZ	27
CAPÍTULO VI EL AVANCE DE MI VIDA	31
CAPÍTULO VII LA FELICIDAD DE MI PADRE	35
CAPÍTULO VIII CRECÍA LA ILUSIÓN EN MI PADRE	37
CAPÍTULO IX INICIA MI TRISTEZA	39
CAPÍTULO X AFRONTANDO EXTREMA TRISTEZA	43
CAPÍTULO XI LUCHANDO POR MI VIDA	45
CAPÍTULO XII FUI EXPULSADO DEL VIENTRE	49
CAPÍTULO XIII ESCRIBÍ EN EL CORAZÓN DE MI MADRE	55
CAPÍTULO XIV OBSERVABA MARAVILLAS EN SAMUEL	59

CAPÍTULO XV
MI MADRE SE ASUSTA ANTE MI PRESENCIA — 63

CAPÍTULO XVI
ÉPOCA DE MOVIMIENTOS — 65

CAPÍTULO XVII
LA VOZ DE NUESTRAS MADRES — 67

CAPÍTULO XVIII
AÚN MUERTO INQUIETABA A MI MADRE — 71

CAPÍTULO XIX
DESARROLLO DE SAMUEL — 73

CAPÍTULO XX
CONTINUABA MI SUFRIMIENTO — 75

CAPÍTULO XXI
MI MADRE ANTE LA TUMBA DE MI PADRE — 79

CAPÍTULO XXII
PERDIDO EN LA MONTAÑA — 83

CAPÍTULO XXIII
SAMUEL EXPRESANDO SUS EMOCIONES — 87

CAPÍTULO XXIV
MI PRIMO PRACTICANDO RESPIRACIÓN — 91

CAPÍTULO XXV
SAMUEL CONTINUANDO SUS MOVIMIENTOS — 95

CAPÍTULO XXVI
MI MADRE EN SU VIDA MATRIMONIAL — 97

CAPÍTULO XXVII
MI PRIMO QUERÍA HACERSE SENTIR — 99

CAPÍTULO XXVIII
CONTINÚO SUFRIENDO POR MI MADRE — 101

CAPÍTULO XXIX
SAMUEL DISMINUÍA SUS MOVIMIENTOS — 103

CAPÍTULO XXX
SAMUEL CONTINÚA CRECIENDO — 105

CAPÍTULO XXXI
SAMUEL CAMBIANDO SUS EJERCICIOS 107

CAPÍTULO XXXII
MI PRIMO SE PREPARA PARA NACER 109

CAPÍTULO XXXIII
ESPERANDO QUE NACIERA MI PRIMO 111

CAPÍTULO XXXIV
EN LA HACIENDA CERCA A MI MADRE 113

CAPÍTULO XXXV
MI MADRE NO SE ARREPIENTE 115

CAPÍTULO XXXVI
LA FELICIDAD DE MI TÍA Y DE SAMUEL 117

CAPÍTULO XXXVII
SAMUEL LOGRA SU POSICIÓN DEFINITIVA 119

CAPÍTULO XXXIIX
PRESENTÍ EL OLVIDO DE MI ABUELITA 121

CAPÍTULO XXXIX
PREPARADOS PARA RECIBIR A SAMUEL 123

CAPÍTULO XL
EL NACIMIENTO DE SAMUEL 125

CAPÍTULO XLI
DE TODOS YO SENTÍA CELOS 129

CAPÍTULO XLII
CONSECUENCIAS DE MI ASESINATO 131

CAPÍTULO XLIII
MI PRIMO CONVERTIDO EN ADULTO 135

CAPÍTULO XLIV
MI PRIMO CONVERTIDO EN ABUELO 139

CAPÍTULO XLV
JUICIO PARA TODOS 141

PRÓLOGO

Estando yo acompañada por mi madre en la sala de la casa, oí voces de angustia. Algunas personas junto a mi portón, comentaban que la novia de mi vecino acababa de ser hospitalizada.

La curiosidad hizo que yo permaneciera de pie junto a ellos, escuchando dicha conversación. Alguien dijo que estaba hospitalizada por haber cometido el más vil de los asesinatos.

Al instante creí que se trataba del crimen de una persona adulta y se lo comenté así a mi madre. Ella sorprendida me respondió que yo había oído mal, porque esa muchacha jamás haría algo así. Inquieta, mi madre llamó enseguida al que había hablado del tema en mi presencia. El hombre se acercó y, sin mayor aspaviento, comento: «la muchacha acaba de tener un **aborto**».

Apenas iniciaba el año 1966. En medio de la celebración de los Reyes Magos, una palabra se comentaba dentro de mi residencia: **aborto**. Al instante me sorprendí con la palabra **aborto**, ya que jamás la había escuchado en mi vida, por ser yo de la época en que a los niños les ocultaban todo lo relacionado con la gestación.

Mi madre no quiso explicarme el significado de dicha palabra, por considerarme muy niña para esta clase de conversación, ya que me faltaban solo dos semanas para cumplir catorce años.

Yo insistente en querer conocer dicho significado, acudí a mi prima, quien me lo explicó todo, y yo en ese instante me puse a llorar.

Mi prima me decía: «¿Usted es boba? ¿A usted que le importa la vida de los demás? Por qué llora por ella, si no es nada suyo».

Yo respondí: «No lloro por ella, lloro por él. Dios me trajo al mundo para amar a los niños y defenderlos, por eso estoy triste, porque por este nada pude hacer».

Luego dije a ella: «Si yo hubiera conocido dichos planes, antes que se realizaran, me hubiese propuesto a remover cielo y tierra para impedirlos. Para mí, la obra más maravillosa de Dios es el hombre y nadie debe dañar la obra de nuestro creador».

Continué triste por esta acción, y siempre se apoderaba de mí este pensamiento: tengo que impedir que cosas como estas se repitan.

Recién cumplidos mis quince años, volví escuchar la palabra **aborto,** y volviendo a poner atención, oí cuando mi hermano habló con uno de sus amigos, un médico, a quien le dijo: «En su consultorio va a ir a visitarlo la hija de mi madrina, porque pretende que usted le haga un **aborto**». Él, enseguida respondió: «Yo no me presto para eso». Mi hermano responde: «Yo tampoco, pero le propongo un plan: quiero que usted se haga el que acepta; pero las inyecciones que ella espera para matar a su hijo, usted las remplace por vitaminas, para que tenga un niño fuerte». El médico enseguida sonrió, dándole su golpecito en el hombro, mientras a la vez le decía: «Ya lo hice una vez y lo seguiré haciendo. Así la persona al comienzo se moleste conmigo, más tarde resulta agradeciendo».

Pasaron los meses. Para finalizar año, nació una niña hermosa, quien se hallaba rodeada de mucha gente. El médico mirando a su amigo, exclamó «¡Saber que esta vida nos pertenece!»

Desde el instante en que presencié ese diálogo quise seguir el ejemplo de ellos: cuando alguien hablaba de **aborto,** yo decía: «Yo los hago fácil. Dígale a ella que se dirija a mí».

Alguien le hizo el comentario a mi madre, quien sorprendida me llamó. Sacó la conclusión de, que yo andaba con malas amistades. Pero ella sabía que esto no dejaba de ser solo palabras, ya que siempre había confiado en mí.

Luego me interrogó acerca de porqué yo había hablado de esa manera; ya que, no soportaba que a mi edad sostuviera conversaciones tan fuertes.

Yo le comenté que quería imitar al médico amigo de mi hermano: tenía el sentir de velar por los niños, aun antes de su nacimiento.

Mi madre me aconsejó que no les volviera a hablar así, porque con seguridad la gente haría comentarios no convenientes. Me dijo que cuando me diera cuenta de que algo como esto ocurría, se lo comunicara a ella, para aconsejar bien a esas personas e impedirles que lo hicieran, hablándoles del valor que tiene un hijo.

Yo obedecí a mi madre, y les dijo a mis amigas, que evitaran esa clase de conversaciones conmigo; que yo ni siquiera sabía lo que hablaba, si no que me gustaba repetir todo como los loros.

Cuando volví a escuchar esta clase de conversaciones, me propuse leer libros a cerca de la gestación, y en algunos se mencionaba el **aborto**. Cuando yo leía esta palabra me estremecía; por esta razón, quise conseguir la manera de impedirlo, ya que esto para mí era insoportable. Lo único que se me ocurrió fue convertirme en una buena consejera, pero nadie me escuchaba debido a mi corta edad y los que creí que me escuchaban, solo me estaban cogiendo de burlesco.

Cuando ya contaba con mis diez y seis años me enteré por medio de la prensa, del hallazgo que hizo la policía, de una clínica de **abortos**. Al instante me volvió la amargura y la lloradera y solo pensé: «No soy sabia ni omnipresente; pero lucharé ininterrumpidamente para que esto no vuelva a suceder».

Estos pensamientos siempre llegaban a mi mente, quedando completamente obsesionada con la defensa del niño.

Mientras me encontraba en oración, llegó a mi mente la idea de escribir un libro que pudiera llegar a manos de muchos lectores. Al otro día comencé mi escrito. Se me ocurrió hablar de un ser que clama por su vida, al cual Dios envió a la tierra con una misión, y luchando por cumplirla, anhelaba y rogaba que nadie fuese a impedir su paso por la tierra.

Vi todo como planeado por Dios: una vez escuché a uno de mis profesores, dar una explicación sobre la forma de escribir un libro, y siempre resaltaba el nombre de los personajes.

Yo, que aún no había hecho ningún comentario al respecto, pensé: «¿Cuál será el nombre del ser que vendría enviado por Dios?».

Pensaba en un nombre, luego en otro, pero no me decidía, hasta que tomé un libro donde hablaba del significado de los nombres.

De repente me detuve en el nombre de **Jonathan**, porque me llamó la atención su significado: "Jehová dio."

Al instante grabé este nombre en mi memoria y empecé a repetir mentalmente: "Jehová dio."

Como se trataba de alguien que estaba clamando por su nacimiento, pensé que el título apropiado para mi libro fuese **EL CLAMOR DE JONATHAN**.

Al culminar el libro lo guardé. Consideraba difícil su edición, pero de vez en cuando lo daba a conocer.

Algunos de los lectores llegaron a la suposición de que el motivo de dicho escrito era que yo me había arrepentido después de haber practicado un **aborto**.

Aunque les hacía ver su equivocación, algunos dudaban de mí.

Debido a que me encontraba en la flor de la juventud, para mí era demasiado torturante que se dudara de mi integridad, a causa de haber escrito este libro; por esta razón lo guardé; permaneciendo inédito durante muchos años.

Cuando logré conectarme con escritores, vi que había llegado la hora de dicha publicación.

Alguien me dijo: «cualquiera puede suponer que el personaje del libro es usted misma, que obró de esta manera y luego logró el perdón de Dios». Al instante me inquieté, pero no quise desistir de mi publicación, por ser ya una persona madura.

La gente ve lógica esta conclusión, pero con Cristo todo es ilógico.

¿Será lógico nacer de una mujer virgen?
¿Será lógico multiplicar los panes y los peces?
¿Será lógico caminar sobre las aguas?
¿Será lógico resucitar muertos?

Tampoco es lógico que cuando Él quiso que este libro fuera escrito, no escogió una persona con esta clase de experiencia, sino que le plació que lo escribiera una niña.

Esto solo lo entiende el que tiene a Cristo en el corazón.

CAPÍTULO I
VIAJE HACIA LA TIERRA

Yo moraba en un país hermoso, muy lejos de la tristeza y el dolor. Aunque allí no había sol ni luna, jamás conocí obscuridad, ya que las ciudades eran alumbradas por la luz celeste.

Gozándome en medio de tantas maravillas, de repente fui llamado a ejercer una importante misión en la tierra.

Aunque mi deleite era las alturas, donde había iniciado mi existencia; no rehusé llegar abajo, por tratarse de la voz de mi creador. Luego de darme todo el conocimiento acerca de los seres terrenales, el creador me dijo:

«Te enviaré a aquel lugar para que compartas carne y sangre. Llegarás al vientre de un ser llamado madre, para que, por medio de ella, tengas allí la vida y, siempre te mire tiernamente, y cuando necesites el refugio de un amor, la presencia de ese ser estará presente».

Me sentí rebosante de amor cuando me dijo: «La misión que tengo para ti, solo en la tierra la harás. Las obras del cielo las hago Yo; mas las de la tierra, mis enviados».

Mientras hablaba conmigo, miraba hacia abajo y veía muchos niños tristes; otros que, a pesar de la corta edad, afrontaban problemas serios, y otros que pecaban desde la infancia; sin embargo, Él los amaba, y haciendo que yo los mirara me dijo: «Cuando seas niño, encontrarás seres como estos, a quienes te acercarás y convertirás en tus amigos, hablándoles de mi palabra, haciendo que me conozcan y me amen. Cuando seas adulto, fundarás un albergue infantil».

Ya me sentía fundándolo, ya que las cosas que eran con Él se me convertían en un verdadero deleite.

Con su voz amorosa me decía: «En tu juventud, te acercarás a jóvenes, a quienes convertirás en tus amigos, haciendo que ellos me conozcan y me sigan».

«A los que tengan vicios, los ayudarás, luchando incondicionalmente por ellos, con mucho amor, hasta que lleguen a mí y me entreguen su corazón. Serás un ángel para ellos, enseñándoles a llevar una vida sana y digna».

«Enseñarás el respeto a los ancianos, a los cuales les brindarás amor y fundarás para la ancianidad un albergue que lleve tu nombre: **JONATHAN**, que quiere decir: Jehová dio».

«Fundarás la casa de oración, que llevará el nombre de **EMANUEL**, que quiere decir: Dios con nosotros ».

Me enternecía sobremanera todo el amor de mi creador hacia la humanidad, por eso me sentí feliz al escucharle: «Cuando entres al vientre de tu madre, ese mismo día y a esa misma hora, entrará Samuel al vientre de tu tía. Él será tu primo y ambos se desarrollarán a la vez».

«¡Cuán perfecto es tu amor!», le dije. «¡Qué preciosa y bendita es tu voluntad!, mi deleite es vivirla. ¿Quién podrá resistirse a ella? Haz conmigo como bien te parezca».

Enseguida me mostró tan maravilloso viaje, el cual estaba diseñado exclusivamente para mí. Me convirtió en el feliz viajero que sale de su hermosa mansión rumbo a la tierra.

Mientras yo descendía vi que se trataba de un viaje sin igual; atravesé el sol, la luna y las estrellas y vi brillar los planetas.

Observé en el espacio cosas muy valiosas y apetecibles, pero no codicié ninguna de ellas, ya que para donde yo iba, no necesitaba llevar cosa alguna, ni siquiera acompañante.

Llegué a la tierra en una tarde de invierno, cuando el reloj daba los seis campanazos, anunciando que se estaba asomando la noche.

Mientras la luna hacía su aparición, hallé morada dentro de un aparato reproductor masculino y a partir de este instante, yo ya era en la tierra una semilla de vida.

Aunque permanecía dentro de un ser vivo, yo carecía de voluntad propia; sin embargo, me movía.

Había dado un gran paso: me había convertido en **ESPERMATOZOIDE.** Esto era algo grande y maravilloso para mí, ya que se había iniciado el primer capítulo de mi nueva vida.

Aparentemente no tenía capacidad de hablar con nadie, por ser yo algo tan diminuto; pero el que hablaba conmigo, es el mismo que los montes y los mares le obedecen y tiemblan ante su palabra.

Oí nuevamente la voz de mi Señor: «Prepárate para ser campeón. Cuando llegue el momento, te vas a reunir con quinientos millones de **ESPERMATOZOIDES**, iguales a ti y todos emprenderán una carrera. Al finalizarla, tú tienes que ser el feliz ganador, para que te encuentres listo para fecundar».

«¿Será que soy capaz de fecundar?» le pregunté.

«Por supuesto», dijo mi Señor. «En tu cabecita llevarás toda la carga genética hasta que llegues al óvulo».

«¿Cómo llego al óvulo, sin saber dónde se encuentra?», le respondí.

«Esta colita que te he dado, será tu guía en el cuello uterino. Ella te irá conduciendo hasta llegar a él para que lo fecundes».

«¡Pero qué interesante tarea!» respondí.

Junto con mi primo, gozábamos de tan grande privilegio: el haber sido escogidos, para recibir a través de nuestra madre naturaleza, un regalo tan sublime como es la fecundación.

Llegado el momento, emprendí tan interesante viaje, recorriendo tres milímetros por minuto y me convertí en campeón. Siendo yo la primera célula fecundada, di lugar al proceso de gestación y me convertí en **CIGOTO.**

Las horas iban pasando, mientras yo me dividía en dos células iguales y finalizando la semana, me desplacé hacia el útero, a través de las trompas de falopio.

Fue enorme mi emoción al descubrir dentro de mí, un jardín secreto, el cual anunciaba el florecimiento de flores rojas y, mientras lo observaba, vi brotar en él la **PRIMERA FLOR**, la cual yo no cesaba de contemplar.

CAPÍTULO II
LLEGUÉ A MI NUEVA MORADA

Sentí que el útero hablaba conmigo, como diciéndome: «Bienvenido, ésta es tu casa». Gozándome en mi nueva morada, me convertí en su portero, cerrándole la puerta a cualquier espermatozoide que se acercara, impidiéndole la entrada. Al ser yo un campeón, me apoderé de este lugar, sintiendo que solo a mí me correspondía. Fue allí donde me convertí en **EMBRIÓN** y comencé a desarrollarme.

Mientras en el cuerpo de mi madre, se experimentaba una serie de cambios, apareció la placenta, la cual se encargaba de suministrar todos los nutrientes que me eran necesarios, mientras permanecía dentro del vientre.

El lugar donde me hallaba con mi madre, se asemejaba a un verdadero carnaval: se encontraba rebosante de música; pero no precisamente festejando mi llegada. La única razón era que se encontraban en época navideña.

Mi madre no soportaba el humo del cigarrillo, ni la pólvora, pero quiso disimular para no contrariar a quienes la rodeaban. Por ello se retiró con pretexto de cansancio.

Mientras los ahí presentes gozaban las festividades, mi primo y yo, nos íbamos transformando, sin que nadie nos lo impidiera. Sentíamos la vida con mucha libertad.

Junto con él tuvimos un sorprendente cambio de vida, y nos fuimos preparando para nuestros días futuros. Para ello ya contábamos con amistades, las cuales se hallaban en los vientres maternos:

Las trompas de Falopio, que permitían dar un estupendo viaje a través de ellas.

El útero, que luego de dar la bienvenida se convierte en albergue: se dispone para transformarse y cumplir la tarea de suministrar el alimento.

El ovario, el encargado de hacer adquirir la vida.

Cuando nos convertimos en **EMBRIÓN**, ya contábamos con cabeza, tronco y cola, a pesar de nuestro tamaño.

Mientras me gozaba en medio de tantas maravillas, vi en mi jardín secreto brotar la **SEGUNDA FLOR.**

CAPÍTULO III
EL TRABAJO DE LAS CÉLULAS

En el atardecer, muy cerca a la enramada del amplio patio, mi madre se mecía en su hamaca pretendiendo tomar un descanso, sin imaginar que una nueva vida se había encendido dentro de ella.

Las horas iban pasando, mientras en casa de mi madre se hacían muchos preparativos para recibir el Año Nuevo.

Dentro del vientre materno, el cual era mi nueva morada, percibí la presencia de un sinnúmero de diminutas células, las cuales se hicieron mis amigas y trabajaban incansablemente, preparando algo maravilloso para mí.

Al culminar su trabajo, supe que se habían encargado de la formación de mi corazón. Comencé a sentir su latir y pude apreciar su extraordinario progreso, en el momento en que este se puso en la tarea de distribuir el alimento y el oxígeno, que yo como embrión, necesitaba para mi crecimiento.

Ninguno pensaba en mí, ya que todos me ignoraban. Pero fue mi madre naturaleza quien no me ignoró y me visitó. Me brindó un regalo mas: mis vasos sanguíneos.

Mi primo también gozaba de los mismos privilegios y, a pesar de nosotros ser tan diminutos, ya contábamos con derechos, pero ninguno tan importante como es **EL DERECHO A LA VIDA.**

Maritza del Valle, elegida para ser mi madre, era muy admirada por los ahí presentes, debido a su hermosura. Contaba con veintitrés años, delgada de cuerpo y alta de estatura.

Mientras el péndulo del reloj hacía sonar los doce campanazos, en el interior de la casa se oía ruido por todas partes. Las personas entraban y salían atropellándose unas con otras, ya que en estos momentos rebosaba la alegría y los aplausos, mientras se escuchaban las canciones que anunciaban el recibimiento de un año más.

Las horas iban pasando y mi madre, luego de examinar el reloj, entró en su alcoba, donde el sueño ya la vencía y mientras ella dormía, vi brotar en mi jardín secreto la **TERCERA FLOR.**

CAPÍTULO IV
MI MADRE IGNORA MI EXISTENCIA

Mi primo y yo cabíamos en el mismo vientre, pero no podíamos estar juntos, debido a que teníamos cada uno una madre diferente.

Mi madre, antes de lucir sus hermosos aretes, acariciaba sus orejas, ignorante de que las mías estaban haciendo su aparición, anunciando que muy pronto se formaría mi rostro.

Ella se hallaba frente al espejo. Era una mujer de rostro muy agradable. Encrespaba constantemente sus pestañas, pretendiendo que sus ojos se vieran más grandes, mientras que los míos eran apenas dos punticos muy diminutos.

Enseguida tomó su silla mecedora y se sentó, colocando un cojín tras sus espaldas. Mientras se mecía, mis brazos y mis piernas hicieron su aparición, a la vez con mi piel y mi pelo, mientras yo continuaba sintiendo el latir de mi corazón.

Cerca del fogón reposaba la mascota predilecta de la familia: una perra de nombre Tabita. Mi madre le acariciaba repetidas veces su cabeza; no imaginaba que dentro de ella, una cabeza se estaba haciendo visible. Yo era apenas una bolita muy diminuta llamada **EMBRIÓN,** pero pese a mi tamaño, mi aparato digestivo y respiratorio adquirieron su formación.

Junto con mi primo, nos desarrollábamos satisfactoriamente, por eso no tardamos en saber que ya contábamos con cartílagos, sistema circulatorio y sistema nervioso.

Todo esto era motivo de alegría y gran entusiasmo. Al aparecer nuestros órganos sexuales, formamos una gran fiesta en ambos vientres.

Fue en estos momentos cuando vi brotar en mi jardín secreto la **CUARTA FLOR**

CAPÍTULO V
MI EXISTENCIA SALE A LA LUZ

Mi madre se acercó al jardín contemplando las flores, les hablaba con mucho amor. Les decía: «¡Cómo están de grandes y de hermosas!».

Siempre se deleitaba viéndolas crecer; pero me hubiera encantado que el deleite de mi madre hubiese sido el enterarse de mi crecimiento y ver el desarrollo de mi columna vertebral, mis nervios, mi médula espinal y mi cerebro.

Ella observaba con mucha atención y admiración lo que estaba en su exterior, pero si hubiera podido mirar su interior, se hubiera dado cuenta de que mis órganos estaban a punto de adquirir su desarrollo. También hubiese podido percibir la formación de mis intestinos y mi hígado.

Yo sentía inmensos deseos de dialogar con mi madre, pero no podía. Eran inútiles todos mis intentos, ya que aún me faltaba tiempo para que pudiese realizar el movimiento del pataleo, la única forma de hacer llamar la atención de ella.

Llegada la hora de cenar, mi madre saboreó el plato de su predilección: la carne asada. Aunque le fue agradable al paladar, al rato le dio mareo, sintió trastorno y se recostó.

Mi abuelita llegó hasta ella. Parecía ser hermana de su hija, ya que no había perdido su aspecto juvenil. Contaba con cuarenta y cuatro años bien conservados y corría de un lado a otro sin dificultad. Preocupada por mi madre tomó el teléfono para comunicarse con un médico y sin alejarse de su lado le brindaba toda clase de cuidados.

Al cabo de una hora, golpearon a su puerta. Aparece el doctor Juan María Aponte, médico de la familia. El hombre, de baja estatura, cabellera blanca y entrado en años, tomó su bastón dirigiéndose hacia el interior del cuarto, y le ordenó unos exámenes y que lo visitara en el consultorio.

Al amanecer del día siguiente, la voz de la guacamaya se convierte en el despertador de mi madre. Se levanta enseguida, vistiendo toda de blanco. Se veía elegante, ya que la ropa clara la hacía ver más agradable.

Enseguida salió de la casa sin haber aún desayunado. La primera parte que visitó fue la iglesia donde permaneció unos veinte minutos en oración. Luego tomó un taxi que la llevó hacia el laboratorio donde ordenó sus exámenes.

Había transcurrido dos días cuando mi madre, luego de reclamar los resultados, tomó camino rumbo al consultorio médico. Allí se entera enseguida de su embarazo, pero no se atreve a sacar a la luz mi existencia, debido a que era soltera.

Como no pude hablar con mi madre, hablé con mi creador. Le alabé diciendo: «Señor, Tú formaste mis entrañas, me hiciste en el vientre de mi madre. Te alabaré porque grandes y maravillosas son tus obras». (**Salmo 139:13-14**). «Tú fuiste el primero en conocer mi existencia y ahora otro ser se ha enterado de ella».

Cuan preciosos son, oh, Dios, tus pensamientos. Cuán grande es la suma de ellos (**Salmos 139:17**).

Mi padre luego de visitar al médico llegó a reunirse con mi madre. Era hombre apuesto, de mediana estatura. Lucía muy bien un traje de paño azul, ya que su piel era blanca.

A mi madre le sorprendió que mi padre estuviera enterado de su estado. Se le veía bastante contento y empezó a trazar planes maravillosos para mí.

Al instante me llené de gozo, ya que esto me daba mucho entusiasmo de seguir adelante, ya que en mi padre hallé seguridad: pude sentir su amor hacia mí y el ánimo que él daba a mi madre. Al verla tan contenta yo rebozaba de alegría dentro del vientre.

Encontrándome en medio de tantas maravillas fue cuando vi brotar en mi jardín secreto la **QUINTA FLOR.**

CAPÍTULO VI
EL AVANCE DE MI VIDA

Mi madre continuaba preocupada por adornar sus ojos, aunque no necesitaba de ello, ya que Dios le había provisto unos ojos muy hermosos. Mientras tanto los míos continuaban su desarrollo y se pudieron observar en el momento en que la retina adquirió su formación.

Ella no se apartaba de la vanidad: visitaba repetidas veces el espejo, haciendo uso del labial, el cual no podía faltar en su boca; ignorante de que la mía estaba en proceso junto con mi nariz, puesto que ya se estaba formando mi carita.

Mi madre encontraba deleite en la lectura y cuando se encontraba sola, consideraba a los libros sus mejores amigos.

Al tomar un libro sobre la gestación, ella misma se pudo dar cuenta del avance de mi vida. Sabía que ya era hora de que se pudiera apreciar perfectamente mi intestino y que mi sistema nervioso adquiriera ya su forma definitiva.

Me hallaba tan pequeño como un ratoncillo, pero mi crecimiento continuaba a medida que me iba transformando.

Ya estaba cercano el día en que mis manos y mis piernas se pusieran en acción y mi madre pudiera sentir mis pataditas.

Mi padre por costumbre un hombre elegante, lucía su traje de gala. Se acercó a mi madre para decirle que, antes de mi nacimiento, fueran al altar, para que el señor cura les diera la bendición matrimonial. Todo esto lo hacía en medio de abrazos y cariñosas palabras, acompañadas de un sinnúmero de detalles antes no vistos. Todo esto me favorecía, ya que yo me gozaba al considerarme la causa de esta alegría.

Mi madre, en brazos de mi padre, se sentía muy feliz al escucharlo. Él le daba todas las instrucciones a cerca de la maternidad.

Eran las siete de la noche cuando en el sofá la llenó de besos, diciéndole que quería que ambos visitaran al médico.

Ella no tardó en aceptar la invitación y cada vez sabían más a cerca de mí; por eso, se enteraron que yo ya contaba con tórax y abdomen. Mi padre añoraba cada vez más verme nacer y su anhelo era que yo me pareciera a él.

Mi tía también vivía pendiente de su bebé, y tanto él como yo, continuábamos nuestro desarrollo.

En medio de tantas ilusiones, hubo fiesta en ambos vientres y fue cuando mi jardín secreto brotó la **SEXTA FLOR.**

CAPÍTULO VII
LA FELICIDAD DE MI PADRE

De repente hubo en mí otro ascenso extraordinario: dejé de ser embrión para convertirme en **FETO**, y mi organismo producía muchas neuronas.

Mientras crecía, me di cuenta de la aparición de mis ondas cerebrales y yo no cesaba de brincar de alegría dentro del vientre, aunque mi madre no percibía ninguno de mis movimientos.

Mi padre se sentía muy feliz al haber sido admitido en casa de mi madre, donde era considerado el novio ideal. Ella le recibe la visita en el momento en que el cielo se encuentra despejado.

Siendo yo el dueño de sus pensamientos, él lo primero que hizo fue preguntarle por mí. Enseguida mi madre le respondió que todo marchaba dentro de lo normal y que presentía que mi rostro tuviese ya movimiento y se pudiese percibir los rasgos. En este momento mi labio inferior y mi mentón, estaban haciendo su aparición, como también mi nariz y mis fosas nasales.

Mi padre ya sabía que las partes internas y externas de mi oído, habían iniciado su crecimiento, por lo cual él era consciente del desarrollo de mi mecanismo auditivo; por esto fue que se propuso a hablarme constantemente, mientras acariciaba el vientre de mi madre.

Enseguida observa en ella sus preciosos ojos, pero no pudiendo observar los míos, no se daba cuenta de que ya contaban con párpados y debajo de ellos los pómulos.

Mientras mis pulmones y mi intestino terminaban su formación, mi madre vivía ocupada en el cuidado de su piel, pero del cuidado de la mía solo se ocupaba mi creador, que me regaló una piel bastante fina. Él me visitaba a través de la naturaleza.

Mi madre ignoraba la aparición de mis glóbulos rojos, los cuales transportaban el oxígeno desde los pulmones a todos los tejidos.

Ella llegó cansada a su cuarto, donde se puso el traje de dormir; pero no podía conciliar su sueño por el exceso de ruido de la casa vecina. Mientras tanto los dedos de mis manos y mis pies se empezaron a formar a la vez que se formaban mis bronquios. Continuando la alegría dentro de mí, vi brotar en mi jardín secreto la **SÉPTIMA FLOR.**

CAPÍTULO VIII
CRECÍA LA ILUSIÓN EN MI PADRE

La voz dulce y cariñosa de mi padre llegaba hasta mí. Ya eran muchos los que sabían de mi existencia.

Mi padre paseaba con mi madre en el parque, imaginándose el momento en que me llevaría de su mano. Todo niño que se le cruzaba en el camino, lo hacía mirar hacia el futuro. Cada vez añoraba más mi llegada.

Mientras mis piernas y mis brazos se encontraban en desarrollo, él soñaba con verme correr, como también en la hora en que pudiera disfrutar de mis abrazos.

Entre mis padres se escuchaba una agradable conversación a cerca de mi futuro. Mencionaban hasta los regalos que me comprarían tan pronto naciera.

Yo gozaba de un momento deleitoso, al percibir que mis muñecas y mis deditos, habían adquirido formación. Me encontraba capacitado para abrir y cerrar mis puños, pudiendo atrapar todo lo que llegara a mis manos.

Cuando las articulaciones de mis hombros y mis rodillas terminaron su formación, vi que ya podía doblar mis extremidades; fue otro de mis momentos emocionantes, y me puse muy activo, aunque mi madre no lo percibía.

Para festejar la felicidad que había en mí, yo saltaba y daba vueltas cambiando de posición.

Vi un jardín dentro de mi boca: se dividía en dos partes y cada parte tenía diez flores. Esas partes no eran otra cosa que mis mandíbulas y las diez flores que se formaban en cada una de ellas, diez gérmenes dentales, se anunciaba la aparición de mis dientes, y a medida que mi boca se iba desarrollando, mi labio superior iba creciendo.

Cuando mis ojos quedaron totalmente formados y el iris ya podía funcionar, seguí brincando de felicidad dentro del vientre y vi que mi jardín secreto brotó la **OCTAVA FLOR.**

CAPÍTULO IX
INICIA MI TRISTEZA

Eran las 7:00 p.m. cuando mi madre, luego de despedirse del párroco, entró a la casa, se dirigió hacia su amada mesa antigua, situada en el ángulo derecho de la sala. Fue allí donde encontró las flores que mi padre le había mandado.

Ella, luciendo un hermoso traje de brillantes, leyó la tarjeta, que decía: «Te amo, mi amor». Enseguida abrazó con fuerza el ramo mientras sus labios sonreían.

Quiso enseguida comunicarse con mi padre, pero a pesar de sus muchos intentos no lo logró. Nadie le contestó al teléfono.

Al día siguiente se levantó muy de madrugada, pensando en mi padre, pero no se atrevía a llamarlo por creer impertinente hacerlo a esa hora. De repente una llamada se adelantó, la que ella recibió cerca de las 7:00 a.m. para darle la noticia de que mi padre había sufrido un terrible accidente. Por esta razón, ella se paseaba sobre el bellísimo mármol de la casa, llena de angustia y esto me atormentaba.

Esta noticia hizo que permaneciéramos mucho tiempo fuera de casa, solo soportando malos ratos.

Por la noche la vi muy deprimida, me llenó de tristeza; pero cuando la mano tierna y consoladora de mi abuelita, rosaba el vientre de mi madre, sentí paz y tranquilidad.

Mi madre quería dormir para descansar y olvidar algo su dolor, por eso se dirigió a la alcoba no sin antes cepillarse sus dientes, observando cada vez más su fina y graciosa dentadura.

También ella cuidaba mucho sus manos y si hubiese podido observar las mías, se hubiera dado cuenta de que mis uñas estaban en crecimiento.

Al amanecer del día siguiente, mi madre puso un cojín para favorecer su cuello al tiempo que el mío. Mientras tanto yo notaba el notable crecimiento de mi cerebro.

Al salir el sol, se queda pensando en mi padre, mientras contemplaba las mariposas que rodeaban su jardín.

Mi madre estaba muy ocupada, con el problema de mi padre y con la visita de sus amigas, pero era ignorante del desarrollo de mis órganos sexuales y la producción de mis neuronas.

Dentro del vientre, yo contemplaba mis movimientos. Como no podía hablarle a mi madre, me propuse darle paraditas y al haberlo logrado me emocionó el movimiento de mis piernas y comencé a saltar dentro de las paredes del útero.

Fue en este momento cuando vi brotar en mi jardín secreto la **NOVENA FLOR.**

CAPÍTULO X
AFRONTANDO EXTREMA TRISTEZA

Cuando mis huesos comenzaron a endurecer y mi tamaño a aumentar, hubo gran tristeza en la familia al recibir la noticia de que mi padre había fallecido. Una pérdida muy grande, sobre todo para mí, que ya me había acostumbrado a su presencia.

Al regresar del entierro, mi madre no cesaba de llorar a mi padre y aún rodeada de mucha gente, nadie le daba consuelo. Yo quería dárselo, por eso me propuse a escribir en su corazón:

> Yo soy la semilla, que sembró mi padre.
> Háblame mamita, háblame de él,
> Esa hermosa vida continúa conmigo,
> Quiero que te alegres al verme nacer.
> Cuando sufras quiero que busques mi rostro,
> Quiero tus quejidos convertir en cantos
> Para que escuches mi amor inspirado
> Hacia esa madre a quien quiero tanto.
> Quiero entre tus brazos sentirme arrullado,
> Hoy estamos solos, mi padre se ha ido,
> Si cuidas mi vida y escuchas mis cantos

A él jamás llega la ley del olvido.

Mi madre se proponía a distraerse, para tratar de aliviar la pena que había en ella. Por eso aceptó la invitación de una salida nocturna para recorrer toda la ciudad.

Después de observar las estrellas, se recostó queriendo descansar, y fue en este momento cuando me di cuenta de que mi sistema circulatorio se estaba estableciendo y que yo podía generar mis propios glóbulos.

Cuando mis órganos internos terminaron de formarse y comenzaron a funcionar, mi madre naturaleza me regaló mis hormonas masculinas y empecé a producir orina. Fue en estos momentos cuando mi jardín secreto brotó la **DÉCIMA FLOR.**

CAPÍTULO XI
LUCHANDO POR MI VIDA

Era lunes y el sol de la tarde brillaba entre las amapolas, cuando César, el antiguo novio de mi madre, fue a visitarla. En él renacían las esperanzas con respecto a ella, por haber sido su primer amor.

Él notó en mi madre el temor a ser rechazada por la sociedad, por lo cual aquel hombre llegó a pensar que él podía ser la solución. ¡Qué equivocado estaba!, ya que para cualquier problema la solución es Cristo.

Mi madre fue visitada por dos primas de alta confianza. Estaban enteradas de su embarazo. Mi madre les comentó la visita de su ex novio.

La tristeza me invadió al escuchar la conversación entre ellas. Me di cuenta de que sus primas no eran buenas consejeras, pues todo lo que decían iba en mi contra: querían hacerla renunciar a sus valores morales, no cesando de mencionar la fortuna de ese hombre.

A mi madre, mejor le hubiera sido no haber recibido ninguna de estas visitas, ya que todas llegaban a convertirse en mis enemigas, oponiéndose a mi nacimiento.

A ella nadie iba a consolarla, sino a trazarle un camino demoníaco. Me sobrevino la angustia, al saber que les daba toda la razón, sin haber sacado tiempo para el luto de mi padre.

Yo anhelaba que nadie fuese a estropear mi vida, ya que cuando mi Señor me envió a la tierra, me trazó muchos proyectos.

Traté de hablar con mi madre para decirle: «Te amo demasiado. No olvides el difícil viaje que emprendí, cuando acompañado de quinientos millones de espermatozoides, me convertí en campeón, llegando a la meta para poder fecundar. Ahora he tenido varios ascensos, pero como aun así me siento frágil, presiento que vas a convertir tu vientre en mi ataúd y que por tu propia mano voy a ser sentenciado a muerte. No lo hagas, mamita. Acuérdate que soy la continuación de mi padre».

Yo escribía en el corazón de mi madre, queriendo que llegara hasta ella mi inspiración:

Como soy alguien que lleva tu sangre
Dentro de tu vientre te estaré clamando:
No me hagas daño, madrecita mía.
Mira, que por siempre te estaré llamando.
Yo soy el regalo que el cielo te ha dado,
Escucha mi súplica en medio de cantos.
No me destierres, dulce amada mía,
Porque soy un ser enviado de lo alto.

Como la mayor parte de mis músculos ya se habían formado y yo me deleitaba escuchando el latir de mi corazón, vi que estaba viviendo una época bastante interesante, lo que me obligaba a luchar por mi vida.

Hubiera querido comunicarme con mi padre para pedirle socorro, pero su muerte había acabado con todas mis ilusiones, como si en mí existiera culpa alguna.

Sentí todo perdido para mí, hasta que nuevamente la presencia de mi abuelita me hizo sentir ternura, y, en este momento, vi brotar en mi jardín secreto la **UNDÉCIMA FLOR.**

CAPÍTULO XII
FUI EXPULSADO DEL VIENTRE

Yo vivía lleno de temor pensando que alguien pudiera impedir mi desarrollo, luego de haber emprendido una inolvidable carrera, culminarla y ser el feliz ganador.

Cuando el ovario me abrió sus puertas, dándome un gran recibimiento, fue en este momento donde adquirí vida, no dejando de ser indefenso.

Todo me parecía hermoso, mientras no recordara las conversaciones de mi madre con sus primas, lo que me hacía estremecer sobremanera al presentir que algo fatal se acercaba a mí y que esta obra tan preciosa se derrumbaría.

Por eso clamaba sin cesar: «¡Por favor, no me maten, porque yo amo la vida!. No olviden que soy un campeón».

Yo trataba de hablar con mi madre para decirle que no escuchara a sus primas. Ellas insistían en que yo iba a destruir su vida, que mejor se destruyera la mía. Hablaban como si tuviesen algo en mi contra.

Mientas mi aparato digestivo se estaba preparando para digerir los alimentos para cuando llegara al mundo, yo temía ante la catástrofe que podía venir sobre mí en cualquier momento. Por esta razón, yo insistía en hablar con mi madre, pero no podía.

Queriendo que mi clamor y mi voz de angustia llegaran hasta ella, di dentro de su vientre un sinnúmero de botes, pareciendo un renacuajo dentro del agua.

Quise que mi madre sintiera mi protesta, pero todos mis esfuerzos fueron inútiles, ya que no quiso prestarme atención, y no queriendo esperar mi nacimiento, sin ninguna clase de compasión, tomó la decisión de expulsarme de su vientre.

En el momento de dar ella este paso, sentí el estrépito de un viento impetuoso y amenazador y su sonido era como el bramido del mar y de las olas.

Enseguida oí llantos y voces rebosantes de angustia que clamaban sin cesar a mi alrededor, y en ese instante tembló la tierra.

Esto era lo único que compartía con mi madre. Algo similar estaba ella sintiendo; pero, aun así, no pensó ni un segundo en arrepentimiento.

Era una tarde oscura y, más o menos, la hora en la que un día descendí a la tierra.

Pensaba mucho en mi padre al verme abandonado sin consuelo, y con la batalla perdida.

Mientras yo sufría, solo se apoderaba de mí este pensamiento:

«¿Cómo es posible que mi muerte venga de manos de la persona que yo esperé que llegara hasta mi cuna para bendecirme?».

CREO QUE, SI LAS MUJERES ENCINTAS PUDIESEN OIR EL CLAMOR DE JONATHAN, NINGUNA RECHAZARÍA EL FRUTO DE SU VIENTRE.

Vi que mi madre no era bienaventurada, porque estuvo en consejo de malos, no imaginando que con esta acción ella se estaba trazando su propio destino.

Como mi madre no me escuchó, hablé con el que me escuchaba y le dije: «Oh, Señor, solo Tú conoces los pensamientos de mi madre y solo Tú los puedes escudriñar. El pecado de ella y el dolor mío, te son conocidos».

«Aunque no hay palabra en mi lengua, tú sabes todo lo que quiero decirte: ¿A dónde irá mi espíritu? ¿A dónde iré ahora que he sido expulsado?»

«Quisiera volar al cielo para volver a estar contigo, pero no puedo. Quisiera tener alas de águila, para poder volar donde Tú estás».

«Quisiera estar así sea en un extremo del cielo, pero contigo, para que tu mano me guíe y me saque de esta confusión, porque aquí siento que tinieblas me cubren y quisiera como luz resplandecer».

«Tú formaste las entrañas de mi madre y en ese vientre me colocaste con un propósito y yo te alababa al ver la grandeza de tu obra. Estaba maravillado». (**Salmos 139:13-14**).

«Mi embrión vieron tus ojos, y en tu libro estaban escritas todas aquellas cosas», (**Salmos 139:16**).

«En mi corazón dejaste escrito, todo lo que Tú mismo me encomendaste».

«¡Cuántas cosas preciosas escribiste!,
¡Cuán preciosos me son tus pensamientos!
¡Cuán grande es la suma de ellos!»(**Salmos 139-17**).

«Hubiese querido que mi estadía en la tierra hubiese sido solo un sueño, para que al despertar me encuentre ante tu presencia».

«Apartaste de ti a los sanguinarios y mi madre es uno de ellos. ¡Cuántos besos y cuantas caricias dejé de recibir!»

Enseguida escuché la voz de mi Señor:«Para una misión en la tierra te elegí. Cuando llegaste al óvulo te santifiqué, trazando para ti, sublimes proyectos, diseñando con mi mano cada uno de tus órganos»

Mi abuelita lloraba mi muerte y mi madre se lo reprochaba. Yo no volvería a sentir su ternura, porque ella ya no me buscaría.

En estos momentos vi brotar en mi jardín secreto la **DUODÉCIMA** flor, pero era una flor negra, ya que había luto en mi jardín, como también lo había en mi corazón.

CAPÍTULO XIII
ESCRIBÍ EN EL CORAZÓN DE MI MADRE

Las tinieblas me rodeaban por todas partes y había en mí exceso de tristeza.

Pensaba constantemente en mi madre y queriendo hacer uso de ese don que yo traía a la tierra, quise continuar escribiendo en su corazón:

Ya llegó el invierno, se ausentó el verano,
Pero no me escuchas ni de vez en cuando,
Pero te amo tanto, que, aunque me destierres,
En todo momento te estaré llamando.

No me olvides nunca, precioso tesoro,
Yo no te haré daño, no soy un ladrón,
Es que te apetezco mucho más que el oro,
Ábreme las puertas de tu corazón.

Mi primo aún esperaba el gran día. Su estómago, hígado y pulmones, a pesar de no haber adquirido su desarrollo total, ya estaban formados y en su sitio. Era una bella época que yo hubiese querido estar viviendo.

No volví a escuchar el latido de mi corazón, pero mi primo si escuchaba el de él, ya que tuvo la oportunidad de desarrollarse, y mientras se formaban sus cuerdas vocales, yo me llenaba de tristeza al saber que jamás hablaría conmigo.

Mi tía vivía muy pendiente del desarrollo de su hijo. Al asistir a un chequeo médico, se enteró de que sus órganos internos estaban funcionando satisfactoriamente, y a medida que sus músculos iban en desarrollo, sus movimientos se hacían más fuertes.

Mi primo sentía el amor de su madre, ya que jamás intentó algo malo en su contra. Yo hubiese querido estar en el lugar de él.

Dos lágrimas de felicidad rozaron el rostro de mi tía al saber que su hijo ya podía mover sus extremidades.

Era muy grande mi dolor al saber que mi madre se encontraba entre las personas inescrupulosas, sin Dios y sin ley, que son capaces de exponer su propia vida, con tal de negarle a su hijo uno de sus más valiosos derechos: EL DERECHO A LA VIDA. Por esta razón, para mí quedaron cerradas todas las puertas.

Cuando me encontraba dentro del vientre de mi madre, todo lo captaba y me di cuenta cuando mi vida se encontraba en peligro, pero nada pude hacer, por eso no logré nacer vivo, ya que morí en el útero.

Mi madre hizo que mi muerte fuese prematura. No pensó que, con interrumpir mi vida, se estaba destruyendo a sí misma.

Siempre se critica al asesino que mata a un adulto que se puede defender; pero cuán grande es el pecado del que mata a un ser dentro del vientre, el cual no puede defenderse, olvidando que el niño de hoy es el hombre del mañana.

Estando Samuel practicando movimientos de brazos y de piernas dentro del vientre, mi tía salió al patio con el propósito de arreglar las matas, cuando un palo cae sobre ella. Cuando fue a recibir el golpe, él se apartó, porque no desconocía el mundo exterior, aunque le faltaba madurez.

Yo con tristeza observaba todas estas maravillas, cuando vi en mi jardín secreto brotar la **DÉCIMA TERCERA FLOR.**

CAPÍTULO XIV
OBSERVABA MARAVILLAS EN SAMUEL

El movimiento de brazos y piernas, se convirtió en la rutina diaria de Samuel, ya que contaba con toda la facilidad para hacerlo, aunque le faltaba desarrollo.

Yo no cesaba de observarle sus bracitos; al igual que sus muñecas y las huellas digitales. Todo esto me era emocionante, aunque muy pronto la emoción se convertiría en tristeza.

Al observarlo haciendo ejercicios con los deditos de manos y pies, me vinieron los recuerdos de cuando yo inicié este mismo ejercicio al atrapar mi cordón umbilical.

Vi que las orejas y los ojos de mi primo habían cambiado de posición, en el momento en que las células de su cerebro se iban multiplicando.

Entre más grandes eran esas maravillas, más me entristecía, no porque lamentara el bienestar de mi primo, sino porque pensaba a toda hora: «Por qué algunas madres se toman el derecho de matar a su hijo sin tener razón para ello?».

Mi madre, luego de deshacerse de mí, atendía a su anterior novio, y yo me llenaba de tristeza al saber que ya no era mi padre quien la visitaba y porque este hombre era el directo culpable de mi asesinato, ya que le dijo que jamás aceptaría un hijo ajeno.

Mi madre debió pensar si su matrimonio con ese hombre, tendría la bendición de Dios, a semejante precio.

Ella, al pensar en su fortuna, decía: «Él me va a dar todo lo que antes no tuve».

Pero «¿de qué le servirá al hombre ganar el universo entero si ha perdido su alma?» (**Marcos 8:36**).

Nunca se debe pecar con fines lucrativos, porque esto solo lleva a la condenación.

Mi madre debió de haber pensado que, de todas maneras, tarde o temprano, dicha acción le traería malas consecuencias, robándole la paz y la tranquilidad.

Una acción como esta jamás quedará impune, ya que no hay cosa oculta que no sea manifiesta. (**Lucas 8:17**).

Me daba cuenta de todas las cosas de las cuales mi madre no me dio derecho a disfrutar. Yo solo observaba a mi primo, para darme cuenta del estado en que podía estar mi vida.

Noté que el desarrollo de los riñones de Samuel iba en aumento, y mientras lo observé orinar dentro del vientre, vi que mi jardín secreto brotó la **DÉCIMA CUARTA FLOR.**

CAPÍTULO XV
MI MADRE SE ASUSTA ANTE MI PRESENCIA

Era de noche cuando mi tía regresaba de un paseo por la ciudad. Con exceso de cansancio tomó la mecedora y se recostó. Mientras tanto Samuel se deleitaba moviendo los dedos de las manos y los pies, ya que sabía controlar todos sus movimientos.

Se sentía con mucha libertad para chuparse el dedito, cada vez que él quería, debido a que los músculos de su boca habían adquirido un notable desarrollo.

Mientras su sistema circulatorio se iba desarrollando, él se sentía con mucho vigor y estiraba repetidas veces sus bracitos, tratando de ejercitar sus músculos.

Me entristecí al saber que jamás me abrazaría y en esos momentos me puse a llorar, sin tener quien me consolara.

Quise engañarme a mí mismo pensando que en él tenía un amigo, pero la verdad era que mi muerte ya había roto nuestra relación. Sin embargo, yo podía apreciar el avance de su vida. Mi lamento consistía en que mi madre no me dio la oportunidad de disfrutar de estos momentos.

Pude darme cuenta del movimiento de sus orejitas, aunque era algo que mi tía aún no percibía y presencié la aparición de sus cejas, cuando ya había culminado el desarrollo de sus ojitos y de sus párpados.

Cuando su sistema digestivo trabajaba a la vez con sus intestinos, lo pude observar haciendo su primera deposición dentro del vientre.

Era sorprendente el crecimiento de su cuello y su cabeza, y yo lo miraba como a cualquier ser humano, llenándome de tristeza al pensar en las cosas que mi madre me había impedido disfrutar. Pero a pesar de todo, yo siempre me mantuve con sed de su presencia, ya que jamás la pasé al olvido. Ella, teniéndome tan cerca, ignoraba por completo mi existencia.

Siempre estuve apeteciendo su compañía. Traté de acercármele, pero sin querer hice mucho ruido, por lo cual ella hizo alarde de que la estaban asustando; estos ruidos los adjudicó a una señal de que era alguien que iba a morir. Pero no imaginaba que el que la asustó ya estaba muerto y que ella misma había ordenado su muerte.

Meditando en todo esto, mi jardín secreto brotó la **DÉCIMA QUINTA FLOR.**

CAPÍTULO XVI
ÉPOCA DE MOVIMIENTOS

Samuel se desplazaba dentro del útero, mientras iba desarrollando el sentido del gusto.

Continuaba con sus movimientos favoritos, como el hacer ejercicios con sus brazos y sus piernas, ya que tenía capacidad de mover todas las partes del cuerpo.

Su madre cerró la mano como quien va a lanzar un puño y luego de observarla se quedó meditando: «Este debe ser el tamaño de la cabeza de mi bebé».

Siempre consideré bienaventurado a mi primo, debido a que mi tía sí supo apreciar su vida. Diferente a mi madre, quien, con su conciencia entenebrecida, miraba como algo bueno la legalización del aborto. Se resguardaba en la aprobación de la constitución; no se daba cuenta que es la más inmoral de todas las leyes la que declare legal el aborto. En el día del juicio final, no se debe rendir cuentas ante la constitución, sino ante nuestro creador. Si llega a ser legal, se hará solamente ante las leyes de los hombres, pero ante las de Dios jamás.

No sé si mi madre fue ignorante de que mi vida comenzó en el momento en que el esperma se unió al óvulo y que este fue el momento de mi concepción.

Legalizar el **aborto** es legalizar el abandono a los valores morales, los cuales son un regalo grandioso de nuestro creador, ya que a través de ellos se tiene comunicación con Él. Al cometer dicho pecado, Dios enseguida se aparta, por eso aquellas madres quedan propensas a tener cualquier tipo de desgracia, como los traumas psicológicos que ellas mismas se buscaron.

Yo hubiera querido tener comunión con mi madre, pero nunca lo logré; sin embargo, la seguí.

Mi madre al sentir mis ruidos se asustó y llamó enseguida al sacerdote para que rociara agua bendita, y fue en estos momentos cuando mi jardín secreto brotó la **DÉCIMA SEXTA FLOR.**

CAPÍTULO XVII
LA VOZ DE NUESTRAS MADRES

Las piernitas de mi primo iban adquiriendo cada vez más desarrollo: él no cesaba de practicar ejercicios, ya que se sentía muy activo.

Ambos escuchábamos la voz de nuestras madres, con la diferencia de que él la escuchaba dentro del vientre y yo fuera del vientre, pero me entristecía el saber que ella no escuchaba la mía.

Mientras él se estiraba y bostezaba dentro de las paredes del útero, yo con mucha facilidad podía percibir sus movimientos respiratorios.

Observé la manera en que crecían con rapidez sus uñitas de pies y manos, y en este mismo momento vi como sus brazos se iban alargando. Yo continuaba con mi dolor al saber que esto no me sucedería a mí.

Lo que más me hacía llorar era el recuerdo de cuando fui sacado del vientre: me daba cuenta de la extracción de mis brazos y mis piernas a la vez, totalmente estrangulados y sacados a pedazos, y yo nada pude hacer.

Mi primo, inocente de lo que yo estaba sufriendo, se deleitaba abriendo y cerrando sus ojitos, ya que esta era una época muy interesante para él.

Su anhelo era hablar con mi tía, ya que contaba con mucha habilidad para oír, además, percibía con mucha facilidad cualquier clase de sonido.

Al verme incapacitado para hablar y oír, me sobresaltó la nostalgia, porque me puse a pensar en que los dos hubiésemos podido tener una buena relación.

Yo no hacía otra cosa que observar a mi primo y una lluvia de tristeza caía sobre mí y solo pensé:

«¿Desde cuándo Dios les dio derecho a las madres de matar a sus hijos? El creador es el único que tiene derecho de disponer de esas vidas. Cuando el humano es el que dispone, esto es algo gravísimo, ya que todos los seres humanos fuimos creados a imagen y semejanza de Dios».

Me dolía demasiado el saber que mi madre no supo apreciar lo que es el valor de una vida.

Cuando el Señor llame a cuenta a estas madres, ¿cómo irán a responder aquellas que han expulsado el fruto de su propio vientre?

No pudiendo contener mi llanto asusté nuevamente a mi madre, quien alcanzó a escucharme y su nerviosismo no la dejaba en paz.

Mientras yo observaba a mi madre en ese estado, mi jardín secreto brotó la **DÉCIMA SÉPTIMA FLOR**.

CAPÍTULO XVIII
AÚN MUERTO INQUIETABA A MI MADRE

Samuel ya podía mover todas las articulaciones y se estaba preparando para recibir su alimento.

Desde el vientre de su madre, al contar con toda la capacidad para oír y llorar, él podía escuchar todos los sonidos, por lo tanto, ya se consideraba una persona libre.

Yo continuaba mi lamento al saber que me fue negado el mayor de los derechos como es **EL DERECHO A LA VIDA.**

Qué triste fue saber que mi madre se encontraba entre las mujeres que no temen a Dios. La gente se escandaliza al saber que alguien mate a su amigo o a un hermano. ¿Qué diremos de la madre que asesina a su propio hijo? Si lo hace por considerarlo un estorbo, debiera llevar su mente hacia el futuro y pensar en su ancianidad: es esta la época en que ella sería un estorbo para él. Debiera reflexionar y pensar si su hijo tiene derecho a matarla.

A pesar de mi madre haberse comportado así conmigo, yo jamás la pasé al olvido, por eso la seguí constantemente, aunque me hubiera tocado buscarla bajo tierra.

Al ser yo engendrado, nadie tenía derecho de privarme de la vida, menos ella, porque así las leyes de los hombres aprueben tan monstruoso crimen, Dios lo condena.

Es un error sustentarse en la creencia de que es correcto hacer lo que muchísimas personas hacen, creyendo que es ilícito solamente lo que poco se practica.

Cuando varias personas cometen el mismo pecado es porque el mal abunda y no debemos aceptarlo, diciendo que es algo normal.

No queriéndome separar de mi madre, al ver que se acostaba, me lancé encima de ella, haciéndola gritar. Ella decía que no soportaba una casa donde la asustaran y pensaba que un cambio de vivienda sería la solución.

Mientras tanto vi brotar en mi jardín secreto la **DÉCIMA OCTAVA FLOR.**

CAPÍTULO XIX
DESARROLLO DE SAMUEL

Mi tía se acercó a su huerta, observando y roseando sus hortalizas cuando de repente empezó a sentir los movimientos de Samuel, mientras él ya escuchaba de ella los latidos de su corazón.

Me entristecía el saber que yo jamás escucharía los de mi madre. Si ella no quiso pensar en mí, debió haber pensado en ella misma, en las malas consecuencias que podría traerle mi asesinato. Debió, además, pensar que las mujeres que practican dicha acción pierden la paz espiritual, sin cesar de afrontar problemas, sufriendo y viviendo con traumas constantes.

Como Samuel si tuvo una madre que lo supo valorar, en él continuaba su desarrollo, ´por tanto, sus ojos llegaron a su ubicación final. Yo no cesaba de observar cómo dormía, y cuando lo veía despertar, me llenaba de emoción.

Habían surgido cambios en su cuerpo, debido a su crecimiento, y a la formación de sus órganos reproductores.

Él estaba muy feliz dentro del vientre, anhelando comunicarse con su madre a través de sonidos, mientras su sistema nervioso se desarrollaba conectándose con los músculos.

Mi tía, luego de rozar y deshierbar sus plantas, se dirigió a la sala y dedicó un momento a tocar piano. Todos estos sonidos los percibía Samuel, lo cual lo emocionaba sobre manera.

Yo también percibía aquellos sonidos, pero no podía sentir la misma dicha que sentía mi primo: él sabía que pronto se reuniría con su madre, que lo amaba y lo amaría, más cuando pudiera contemplarlo entre sus brazos.

A pesar de que Samuel no conocía a su mamá, ya se había despertado su amor hacia ella, y se mantenía con sed de sus arrullos. Mientras tanto en él, continuaba el desarrollo de su cerebro.

Yo seguía en busca de la luz que intentaba encontrar, cuando mi jardín secreto brotó la **DÉCIMA NOVENA FLOR.**

CAPÍTULO XX
CONTINUABA MI SUFRIMIENTO

Samuel era atento a la voz de todos los que le rodeaban y yo seguía sufriendo al pensar que mi voz jamás la escucharían.

Cada vez que escuchaba la voz de su madre, brincaba de felicidad dentro del vientre y sus sentidos se iban desarrollando, mientras él iba creciendo.

Para mí, no había nada hermoso. Me invadía la tristeza al observar a mi madre al lado de Cesar, su antiguo novio, y escuchar que ella aceptaba su propuesta de matrimonio, mientras yo no cesaba de recordar a mi padre. Ella enseguida quiso ir al cementerio a pedirle perdón y a despedirse de él.

Samuel se llenó de emoción al escuchar la voz de su padre. Me entristecí al saber que yo jamás volvería a gozar de ese privilegio.

A pesar de estar cerca de mi madre la sentí lejos; sin embargo, le hablé:

«Mamita, mamita:

Quiero que sepas que aún cuentas con mi cariño, por eso, te llamo, por eso, te escribo.

Mi deseo era que me vieras comer, dormir, caminar, hablar, descansar, lo mismo yo a ti; pero estos momentos nunca llegaron.

Me rechazaste, pero el amor que siento hacia ti ha hecho que te escriba y te diga que nunca dejaré de amarte. Por eso nuevamente escribí en su corazón:

Salí de tu vientre y en tinieblas me hallo.
Todas estas cosas te digo llorando.
Quiero a toda hora sentir tu presencia,
Ya que por siempre te seguiré amando.

Impediste el fruto de tu misma entraña,
Derrumbando la obra de nuestro creador.
Los pájaros lloran, la tierra me extraña,
Porque no escucharon jamás mi canción.

Ellos esperaron al que nunca vino,
Por eso, hoy se visten de luto,
Porque ya estoy muerto por tu propia mano,
De mi parte no reciben fruto».

Siempre anhelé la bendición de mi madre, queriendo compartir con ella momentos dulces y amargos. Hubiera querido recibir de sus labios enseñanzas hermosas. Quise cuidarla cuando estuviera enferma y seguirle componiendo, con ese don que yo iba traer a la tierra.

Mi madre se fue a vivir temporalmente en casa de mi tía, creyendo que allí estaría más tranquila, pero la verdad, como la seguí buscando, me fui detrás y ella seguía sufriendo, porque sin querer yo la asustaba. Donde ella estuviera, allí quería estar yo.

Cuando llegué al lado de ella, mi jardín brotó la **VIGÉSIMA FLOR**

CAPÍTULO XXI
MI MADRE ANTE LA TUMBA
DE MI PADRE

En una hermosa mañana, mientras las mariposas visitaban el jardín de variadas flores, mi madre salió a visitar la tumba de mi padre, e invitó a mi tía al cementerio, pero ella se negó por motivo de su estado. Así que mi madre decidió irse sola, y yo me fui detrás; me mantenía con sed de su compañía.

Arrodillada ante la tumba, ella quería pedirle perdón por pretender unirse a otro hombre. Pero estando ella bien concentrada, la interrumpí, la abracé con tanta fuerza, que ella me confundió con mi padre, y se propuso no volver a visitarlo, asegurando que él la había asustado.

En el momento en que los pájaros entonaron su canto, ella se dirigió hacia la casa. En medio de una crisis nerviosa, comentó a mi tía el mal rato que pasó en el cementerio.

Mi tía poca atención le prestaba, ya que era incrédula ante dichas leyendas y porque solamente quería tener tiempo y palabras para su bebé.

Ella le cambió la conversación a mi madre, diciéndole que había asistido a otro chequeo médico y que se había enterado de que Samuel tenía el mismo número de células nerviosas que un adulto y que su aparato digestivo y sus pulmones continuaban su crecimiento.

Samuel era cada vez más sensible a lo que ocurría a su alrededor. Estaba apto para escuchar música, y percibía cuando mi tía le hablaba y cantaba.

Él se sentía con mucha fuerza, ya que sus músculos y sus miembros habían adquirido su formación. Por eso, sintiéndose muy activo, quiso deleitarse, practicando movimientos dentro del vientre, el cual se iba abultando a medida que aceleraba su crecimiento.

Sus sentidos como el olfato, el tacto, la vista y el gusto, continuaban su desarrollo.

Él reconocía a su madre y percibía cuando ella respiraba.

Pude observar el fracaso económico de mi madre: miseria vino sobre ella, debido a la maldición que empezó a perseguirla por ese acto tan monstruoso que cometió conmigo.

Yo insistía en estar junto a ella, pero me sentía rechazado y llegué a pensar que era por estar ella viva y yo muerto; entonces me propuse buscar a mi padre, y al no encontrarlo me desesperé, solo y sin luz, quedé completamente perdido en la montaña.

Fue cuando mi jardín secreto brotó la **VIGÉSIMA PRIMERA FLOR.**

CAPÍTULO XXII
PERDIDO EN LA MONTAÑA

Afronté mi soledad en medio de la montaña. Los animales y las plantas que allí había eran invisibles para mí, como yo para ellos. Me era imposible observar los encantos de la naturaleza.

Me encontraba en medio de una noche fría y húmeda. Allí me sentía muy ciego pensando que la luz que me amaba, también se había apagado.

Yo era consciente de que estaba perdido y sin luz. Desconocía el camino para llegar a mi madre, por lo cual me desesperé al no ver posible mi regreso, ya que me perdí buscando a mi padre.

Estuve mucho tiempo afrontando las tinieblas, sin distinguir nada de lo que estaba cerca de mí. Pero, en medio de tanta confusión, no dejaba de pensar en mi madre; quería tenerla cerca, pero lo veía imposible. Al querer hacerme a la idea de que ella estaba conmigo, quise seguir hablándole:

«Mamita: desde aquí perdido y sin luz, te clamo: Quisiera que me buscaras para no estar tan solo, anhelo encontrarte, anhelo abrazarte, ya que te anhelo mucho más que a toda la riqueza del universo».

Al día siguiente cuando inició la noche, tuve una grandísima sorpresa: de repente fui arrasado por una luz esplendorosa que me invadió. Me llené de emoción al saber de quién se trataba. En esos momentos era lo único visible ante mis ojos; pero eso para mí era más que suficiente.

Me emocioné tanto que quise seguir haciendo uso de mi don de poeta:

> Me ha deslumbrado la emoción de este momento.
> Tan maravillosa que me hace sentir vivo.
> Me ha invadido una luz inigualable,
> Que aún en tinieblas su esplendor percibo.

Seguí a esa luz ininterrumpidamente, hasta que se detuvo. Tal sería mi sorpresa al ver que se detenía precisamente frente a mi madre, dándome la oportunidad de volver a tenerla cerca de mí.

Vino a tratar con ella, y me sorprendió sobre manera ese maravilloso encuentro. Me acerqué sin querer interrumpir, ya que yo quería presenciarlo.

La luz se dirigió a ella a quien le dijo:
«Ahora es el tiempo aceptable, ahora es día de salvación».**(2ª de Corintios 6:2).** No la aplaces. Mañana puede ser tarde.

Conozco la magnitud de tu pecado, el cual está delante de mis ojos, que es contra el Espíritu Santo, el cual según las escrituras no tiene perdón en esta vida ni en la venidera.

Sin embargo, quiero que sepas cuán grande es mi amor por ti. Por eso, hoy he venido a golpear en la puerta de tu corazón como un mendigo, para ofrecerte salvación y vida eterna. Basta con que me abras tu corazón para yo morar en él.

Me entristecí sobre manera al ver que ella rechazó este llamado. Enseguida La Luz se dirigió donde las amigas de mi madre que habían cometido el mismo pecado y a todas les dio este mensaje.

Unas lo rechazaron, pero otras que lo aceptaron con gozo. Oyeron la voz del Señor: «Ven a mí y no pequen más».

Como la luz me había llevado hasta mi madre, me dio la oportunidad de estar cerca de Samuel, por lo que pude observar que él ya respiraba, aunque pasaba la mayor parte del tiempo durmiendo. Al despertar se movía muchísimo, con los ojitos cerrados.

Cuando Samuel daba paraditas para hacer sentir sus movimientos, mi tía se gozaba. Al menos su madre sabía que era él; mientras que cuando yo quería hacerme sentir, mi madre creía que era un espanto y se asustaba.

Es muy triste ver seres como yo, clamando que los dejen venir al mundo y, sin embargo, no los escuchan.

Quien interrumpe una vida hace sufrir a Dios, quien es el autor de ella. Se comete así uno de los pecados más graves que va contra el quinto mandamiento de la ley de Dios: **NO MATARÁS**.

Siempre se debe tener presente que: **UN HIJO ES UN REGALO DE DIOS**, y uno de los mayores regalos. Por eso, nunca se le debe mirar como un estorbo. Si Dios lo creó, solo a Él le pertenece, siendo el único que puede disponer de esa vida.

A muchas mujeres les hace falta renunciar al egoísmo y buscar la pureza en su pensamiento, palabra y obra. No pensar que, por tener un hijo, van a quedar cohibidas de todos los placeres.

Tienen que pensar que, si por amor a un hijo van a ser abandonadas por familia y amistades, su Dios jamás las abandonará.

Con mis ojos puestos en Samuel vi brotar en mi jardín la **VIGESIMA SEGUNDA FLOR.**

CAPÍTULO XXIII
SAMUEL EXPRESANDO SUS EMOCIONES

Mi tía no tenía dificultad para moverse a pesar del tamaño de su vientre.

Le satisfacía el saber que su hijo ya contaba con párpados, como también con cejas. Por esta causa a ella se le veía sonriente. Era mujer hermosa y de agradables facciones.

En el momento en que estaba anocheciendo, ella entra a su alcoba. Toma en sus manos una cajita diminuta, la cual tenía destinada para guardar las uñitas de su bebé cuando naciera; por boca del médico se había enterado, de que estas ya se podían observar y pensó que era una bella época para su hijo. Enseguida se acostó queriendo tomar un descanso, ya que el sueño la vencía.

Sobre cualquier presión ejercida sobre su vientre, Samuel reaccionaba moviéndose de un lado a otro, estirándose. De esta manera mostraba su extraordinario vigor. Expresaba sus emociones a través de la risa y el llanto.

Desde el vientre podía escuchar toda clase de sonidos. Se le podía hablar y cantar. También escuchaba los latidos del corazón, la acción del estómago y la circulación de los vasos sanguíneos, lo cual era de mucho valor para él, sintiéndose como si estuviese presenciando un gran descubrimiento.

Yo me entristecía al saber que nada podía compartir con mi primo, y que siendo el canto, uno de los dones que yo traía para la tierra, nunca podría cantar.

Me di cuenta de que cuando mi tía consumía una bebida, Samuel sabía si estaba dulce o amarga, ya que podía diferenciar los sabores.

Hacía gestos dentro del vientre y yo sabiendo que jamás podía imitarlo, solo pensaba: «Mamita, vivo con sed de volver a tu cuerpo».

Mi madre ya no pensaba en mí. Era ignorante del momento en que comienza la vida, por eso me negó el derecho a ella.

Nadie debería temer a la superpoblación. Recuerden que Dios existe y que Él siempre cuida de todas sus criaturas.

Es una mentira muy grande, decir: «No pude tener a mi hijo, por incapacidad para mantenerlo». Dios siempre nos manda con nuestro pan debajo del brazo. Él es quien da la leche materna y no la cobra. En cuanto a la comida, es una porción muy diminuta, que cualquiera puede donar.

Si de ropa se trata, los niños mayores que él, se la dejan al igual que los juguetes. Así es que no hay disculpa para irlo a considerar una carga.

Muchas mujeres que comenten tan horrendo crimen; al llegar a la vejez, se dan cuenta del valor que tiene un hijo, cuando ya es demasiado tarde.

No hay que hacer caso a los médicos cuando dicen: «Hay que elegir entre la vida de la madre y la vida del niño». Sin embargo tanto el uno como el otro tienen derecho a la vida. Esto solo debemos dejarlo en manos de nuestro creador. Si Él creó tanto a la madre como al hijo, solamente Él puede tomar la decisión.

¡Dios ha dado suficiente poder a los médicos para salvar ambas vidas. Si eligen una, es por negligencia de ellos!

Meditando en todo esto, vi brotar en mi jardín secreto la **VIGÉSIMA TERCERA FLOR.**

CAPÍTULO XXIV
MI PRIMO PRACTICANDO RESPIRACIÓN

En el momento en que el sol se oculta, mi tía entró en la alcoba. Luego de desvestirse, colocó la mano sobre su vientre, pudiendo percibir todos los movimientos de su hijo, lo cual la llenaba de satisfacción.

Al amanecer del día siguiente, llevada por la emoción que había tenido, empezó a escribir el diario de su bebé, mientras las aves la acompañaban con sus cánticos.

No había nacido y ya había mucho qué decir de él. Cuando mi tía terminó de escribir, tomó su guitarra, tocando una canción de su propia inspiración, dedicada a aquel que muy pronto la estaría acompañando.

Samuel percibía muy bien el sonido de las cuerdas, ya que no era desconocido para él. Distinguía bien los tonos y fácilmente reaccionaba ante ellos. Movía su cuerpecito de acuerdo con la voz de mi tía.

Debido a que la madurez de su cerebro iba en aumento, contaba con mucha facilidad para recordar lo que aprendía. Escuchaba la voz de su padre, lo cual era un privilegio, que yo hubiese querido estarlo viviendo. Como no me era posible, en esos momentos me puse a llorar.

Observé a mi primo practicando movimientos de respiración, en el momento en que las fosas nasales comenzaron a abrirse.

A pesar de dormir mucho dentro del útero, podía oír y sentir sin dificultad y le gustaba empujar, patear y dar golpes.

Llegado el atardecer, presencié un festejo, acompañado de música de flauta, y me invadió la tristeza al ver que se celebraba el matrimonio de mi madre con un hombre diferente a mi padre que tanto la amó, al cual no le guardó el luto debido.

Se hizo una fiesta inolvidable, en la cual se gozaban todos los ahí presentes. Mientras que, para mí, esto era un verdadero martirio.

A Samuel le agradaba esta música; desde antes de nacer, ya tenía definido sus gustos.

Mientras tanto, mi tía cantaba a su hijo canciones de cuna, con lo cual él se deleitaba, y acaricia su vientre, mientras el bebé percibía fácilmente sus caricias.

Sentía necesidad de practicar ejercicios, por lo cual se movía constantemente dentro de las paredes del útero. Yo también hubiera querido practicarlos, pero no podía; por eso, me envolvió la amargura, al recordar que pertenecía a la lista de los **NO DESEADOS**.

Si una madre no desea a un hijo, no debe darle vida, porque el dar vida y luego quitarla, es coger por juego la obra de nuestro creador.

Meditando en todo esto, fue cuando vi nacer en mi jardín secreto la **VIGÉSIMA CUARTA FLOR.**

CAPÍTULO XXV
SAMUEL CONTINUANDO
SUS MOVIMIENTOS

Era la hora tercera de un hermoso atardecer, cuando observé a mi primo practicando movimientos de respiración. Todo esto lo hacía con el propósito de ejercitar sus pulmones, debido al desarrollo de su sistema digestivo y respiratorio.

A Samuel le daba mucho hipo y a la vez tos, en el momento en que su peso iba aumentando.

Al sentirse conectado con su madre, lo invadía la ternura, ya que podía sentir el amor de ella, mientras que mi madre ignoraba mi existencia. Creía que desde que salí de su vientre dejé de existir, como si me hubiese vaporado.

Mi tía se acostó vencida por el sueño, mientras en las manitas de mi primo, iban apareciendo pliegues. Entre tanto, sus piernitas y espalda adquieren nueva forma, a la vez que su sistema nervioso continuaba su desarrollo.

Aunque jamás le sentí envidia, para mí era una verdadera tortura el saber que él nada compartiría conmigo.

Fue mucho el daño que me hizo mi madre, pero nunca dejé de amarla. Siempre repetiré que no tenía derecho a hacer lo que hizo.

Si una mujer afirma ser dueña de su cuerpo, está equivocada: ninguna es dueña de su cuerpo: de la mujer casada, el dueño del cuerpo es el marido, y de la mujer soltera, el dueño de su cuerpo es Dios. (**1ª de Corintios 7:4**)

La mujer que cree que puede disponer del cuerpo del hijo, por ser su madre, debería pensar que ella también tuvo una madre y que no le hubiera gustado que ella hubiese dispuesto de su cuerpo a su manera.

Meditando en todo esto, mi jardín secreto brotó la **VIGÉSIMA QUINTA FLOR.**

CAPÍTULO XXVI
MI MADRE EN SU VIDA MATRIMONIAL

Mi madre se encontraba con su esposo en su nueva residencia y yo sin intención la molesté, cuando pretendía estar con ella.

La casa de ellos se distinguía de las otras por su elegante fachada. La sala tenía dos puertas: una al sur que daba a la calle y otra que salía al patio, donde había un cuarto de gran amplitud, el cual mi madre tenía como su sitio de descanso. Era allí donde yo estropeaba sus momentos. Cuando fue a poner música, me manifesté y la hice gritar.

Mientras tanto Samuel ya había evolucionado bastante. Aunque no pesaba mucho, su cuerpo se veía abultado. Ya no tenía casi arrugas, ya que a medida que se iba poniendo gordito, estas iban desapareciendo.

Escuchaba la voz de su madre y a veces también la de su padre. Tenía facilidad de escuchar todos los sonidos exteriores, debido al notable desarrollo de su oído.

Mientras yo continuaba triste al saber que no podía vivir ninguno de estos momentos, pude ver como se desarrollaban en mi primo los órganos de los sentidos y él se iba preparando para relacionarse con el mundo exterior.

Mi madre y su esposo se dirigieron donde tenían sus cultivos, y me di cuenta de la cantidad de alimentos que produce la tierra, y pensé:

«No hay disculpa para decir que no dejaron nacer a un hijo porque no sabían cómo alimentarlo. Afirmar esta excusa es una abominación para el Señor».

Yo meditaba: si a todas las criaturas las dejaran nacer, para todas habría alimento. Dios ha dado muchísimo alimento, solo que está mal distribuido.

Me quedé meditando en todo esto, cuando vi que mi jardín secreto brotaba la **VIGÉSIMA SEXTA FLOR.**

CAPÍTULO XXVII
MI PRIMO QUERÍA HACERSE SENTIR

Samuel quería hacerse sentir por su mamá y para ello daba pataditas dentro del vientre. Queriendo demostrar que estaba fuerte y activo, quiso continuar practicando sus movimientos de brazos y de piernas, ya que se sentía con mucha libertad para moverse dentro del útero.

Su padre, queriendo estar cerca de él, colocó su oído en el abdomen de mi tía y en este momento se pudo dar cuenta de que el latido de su corazoncito era cada vez más fuerte.

Entretanto, mi primo, queriendo dar a conocer al mundo su primer sonido, se propuso a preparar sus cuerdas vocales para el día de su nacimiento.

Cuando observé sus rasgos, similares a los de un recién nacido, quedé lamentándome por yo no poder atravesar ninguna de estas etapas. No sé si sería que mi madre no tuvo quien la orientara.

Quién sabe si lo que hizo fue por maldad o por ignorancia. Que lo juzgue Dios.

Un abortista muy conocido, vio una película donde se practicaba un aborto y vio la reacción del niño, lo que lo impactó sobremanera y desde ese día dejó de practicarlo. Cómo me hubiera gustado que el que me hizo salir del vientre hubiese visto tal película, antes de cometer tan monstruoso crimen.

Toda mujer embarazada debe sentirse orgullosa y halagada pensando en que va a ser madre, el embarazo debe ser para ella una época muy feliz.

No se imaginan lo que sufre un niño al saber que va a ser asesinado por su propia madre, ya que de ella esperamos lo mejor.

Las mujeres que le impiden al hijo su nacimiento, jamás quedarán libres del recuerdo de una vida inocente. Su culpa la perseguirá por todas partes. Cada vez que se cruce un infante en su camino, le dará un golpe brutal a su conciencia.

Mientras yo meditaba en todo esto, fue cuando vi brotar en mi jardín secreto la **VIGÉSIMA SÉPTIMA FLOR.**

CAPÍTULO XXVIII
CONTINÚO SUFRIENDO POR MI MADRE

Samuel se gozaba al sentir el notable desarrollo de sus pulmones, por lo cual quiso continuar practicando movimientos respiratorios.

Para su comodidad doblaba sus bracitos, ya que sentía que dentro del vientre disfrutaba de poco espacio.

Mientras su padre lleno de emoción continuaba arrimando su oído al vientre de mi tía, él abría sus ojitos: ya podía ver y oír, aun antes de su nacimiento, y mientras recibía las caricias de su padre, su crecimiento continuaba. Observando todas estas maravillas, volví a ponerme triste, al saber que a mi madre no le merecí ni un segundo de su tiempo, ya que me dejó solo, esperando sus besos.

Su pecado no permitió que yo disfrutase de alguno de esos momentos. No volví a tener esperanzas porque mi vida quedó rota y sin salida.

Mi primo, feliz, se gozaba cada día en el vientre materno.

Cuando una mujer no siente el deseo de ser madre, debiera abstenerse de engendrar y si esto pasó de improviso, jamás negarle a un hijo el derecho a la vida, sino, más bien, darlo en adopción; de lo contrario, le priva de tantas oportunidades que él puede disfrutar.

Toda mujer debería sentir deleite cuando se entera que va a ser madre, ya que este es un privilegio que muchas apetecen. Este es el momento en que deberían alabar constantemente a Dios y darle gracias por esa nueva vida.

Yo siempre me pregunto: ¿cómo una mujer puede despreciar algo tan sublime? La fertilidad es un regalo muy valioso que Dios concede a través de la madre naturaleza. Es desesperante el afrontar una amenaza de muerte cuando aún nos encontramos inofensivos.

Meditando en todo esto, mi jardín secreto brotó la **VIGÉSIMA OCTAVA FLOR.**

CAPÍTULO XXIX
SAMUEL DISMINUÍA SUS MOVIMIENTOS

Samuel era consiente de todo lo que había a su alrededor, lo percibía con mucha facilidad. Como su cerebro crecía con rapidez, ya tenía la forma propia de un ya nacido.

Él continuaba con la búsqueda de nuevos ejercicios, debido al desarrollo de su sistema nervioso.

Cuando lo observé abriendo y cerrando sus ojitos, yo no dejaba de apreciar todas las maravillas del Creador y me provocaba de todo lo que le sucedía a mi primo.

No cesaba de pensar en mi madre y desear su presencia, y me angustiaba el saber que mi creador, a su debido tiempo, vengaría la sangre inocente.

Me quedé meditando: «No hay tragedia más grave en la sociedad que la pérdida de los valores morales».

Al perder mi madre dichos valores, no pude vivir esos momentos deleitosos, por los cuales pasaba mi primo.

Observé nuevamente a Samuel y pude darme cuenta de que él producía medio litro de orina al día, lo cual mostraba el notable desarrollo de sus riñones.

Cuando el desarrollo de mi primo llegaba a la recta final, sus huesitos estaban blandos y sensibles, así que mi tía tuvo que suspender actividades pesadas.

Mientras continuaba sus movimientos dentro del vientre, en él se iban produciendo cambios importantes. Sentía exceso de ternura, cada vez que se le acariciaba a través de la panza.

Mientras yo observaba tantas maravillas, vi que mi jardín secreto brotó la **VIGÉSIMA NOVENA FLOR**.

CAPÍTULO XXX
SAMUEL CONTINÚA CRECIENDO

EL crecimiento de Samuel se hacía muy lento debido a su peso. Mientras mi tía dormía, él se ponía muy activo, y queriendo ubicarse en la posición que tendría al nacer, colocó su cabecita hacia abajo, mientras esta iba creciendo.

A causa de este ejercicio, mi tía sentía mucha presión en su vejiga, lo que la hacía orinar con mucha frecuencia; presentándose, así, cambios importantes, tanto en el cuerpo de la madre como en el del hijo.

Faltando diez semanas para su nacimiento, ya se encontraba completamente formado y se preparaba para saludar al mundo de lo desconocido, mientras los órganos de los sentidos continuaban su desarrollo.

Yo solo pensaba en mi madre y quería que el tiempo retrocediera, para estar con ella y escuchar también la voz de mi padre. Por esta razón, volví a escribir en su corazón:

Quisiera madre retroceder el tiempo,

Para vivir en tu vientre otra vez,
Para escuchar de tu sangre el murmullo
Y tener la ilusión de nacer.
¿Dónde está ese amor que yo esperaba?
Me echaste de tu nido sin piedad.
Llegó a mí la voz que amenazaba,
Y desde entonces me encuentro en soledad.
Continuaré siguiendo tus pisadas,
Aunque dejaste mi vida hecha pedazos.
Me negaste la ilusión que yo esperaba,
De encontrarme arrullado entre tus bazos.

Inspirado en mis poemas vi que mi jardín secreto brotó la **TRIGÉSIMA FLOR.**

CAPÍTULO XXXI
SAMUEL CAMBIANDO SUS EJERCICIOS

A Samuel no le era difícil percibir la claridad al cruzar las dos puertas de la sala, ya que contaba con la capacidad suficiente para distinguir entre la luz y la obscuridad.

En el jardín interior, al sol del mediodía, mi tía tomó su silla mecedora, pretendiendo tomar un descanso; pero no le fue posible, ya que ella sentía todos los movimientos de Samuel. A él le era imposible estarse quieto, ya que a toda hora quería estar mostrando su habilidad.

No pudiendo hacer sus ejercicios acostumbrados, debido a su tamaño, se propuso practicar unos nuevos, aunque le faltara espacio para ello.

Mientras mi tía se encontraba sentada en sus cojines, presencié un nuevo ejercicio de Samuel: mover circularmente su cabecita, mientras no cesaba de hacer gestos dentro del vientre.

Faltándole días para su nacimiento, tenía la apariencia de un niño ya formado y contaba con toda la facilidad para recibir su alimento.

Cuando su padre palpó el vientre de su madre, supo en qué posición se encontraba su hijo. Samuel se hallaba muy feliz dentro del útero, con su cabecita hacia arriba, mientras sus músculos se iban fortaleciendo.

Me gustaba estar atento a todos los movimientos de mi primo, aunque ello me causara nostalgia. Cuando lo vi dormir dentro del vientre, parecía que estuviera soñando.

Estando yo bien concentrado en mi primo, mi tía recibió la visita del doctor Juan María Aponte, a quien ella le comentó su exceso de cansancio continuo.

Mientras ella era atendida por el médico, vi brotar en mi jardín secreto la **TRIGÉSIMA PRIMERA FLOR.**

CAPÍTULO XXXII
MI PRIMO SE PREPARA PARA NACER

En medio de un esplendoroso amanecer, yo seguía los pasos de mi tía, para poder observar a Samuel, cuando me pude dar cuenta de que ya sus sentidos estaban funcionando satisfactoriamente.

Yo me gozaba al contemplarlo y, al estar tan cerca, pude darme cuenta, de que aun faltándole días para su nacimiento, estaba completamente formado, dando la apariencia de un ya nacido.

El canto de las aves era un deleite para mi primo, ya que sabía que a través de él alababan al creador, siempre que iniciaba un nuevo día.

Aunque los huesitos de su cabeza permanecían blandos, no impidieron que su cerebro se desarrollara de la forma más sorprendente. Por esta razón, contaba con mucha capacidad para pensar y almacenar sus recuerdos. Como todo lo escuchaba y lo podía captar, lo acompañaban un sinnúmero de pensamientos dentro del vientre.

Su aparato digestivo se acercaba a la recta final, mientras sus pulmones terminaban de madurar. Siendo esta la época más importante de su crecimiento, los huesitos de su esqueleto iban endureciendo cada vez más.

Estaba despierto y con sus ojitos muy abiertos, cuando escuchó la voz de su padre, lo que lo hizo brincar de alegría dentro del vientre; movimiento que sí percibió mi tía, quien sonriente se dirigió a su guitarra, haciéndola tocar, componiendo versos para su hijo.

Ella con frecuencia contaba los días que faltaban para el feliz nacimiento. Entre tanto Samuel doblaba sus piernitas hacia el pecho, ya que de esta forma, contaba con toda la capacidad para sentarse dentro del útero.

Mientras yo lo observaba, mi jardín secreto brotó la **TRIGÉSIMA SEGUNDA FLOR.**

CAPÍTULO XXXIII
ESPERANDO QUE NACIERA
MI PRIMO

Mi tía y su esposo esperaban gozosos el nacimiento de Samuel. Yo también anhelaba verlo nacer, aunque conmigo no podría compartir ningún momento.

Pasaba la mayor parte del tiempo durmiendo, pero aun así todo lo captaba y era consiente de cuanto ocurría a su alrededor. Se molestaba mucho cuando lo despertaban, aunque despierto percibía las cosas con mayor facilidad.

Aún no estaba listo para su nacimiento, ya que le faltaba madurez y peso, pero anhelaba que se llegara el momento, ya que se encontraba muy estrecho dentro del vientre y porque quería enfrentarse con el mundo exterior y poder llevar a cabo sus funciones de manera independiente.

Le gustaba empujar el abdomen de mi tía con uno de sus piecitos. A mi tía, esto la inquietaba sobremanera: cualquier movimiento que se hiciera en su vientre, la indisponía. De todas maneras, continuaba contenta.

Lo más importante para ella era su hijo, el cual ya no crecería más hasta que estuviera fuera del vientre; momento apetecido por mi tía para lograr el descanso esperado.

Mi tía estaba muy emocionada al saber que los riñoncitos de su hijo habían adquirido su total desarrollo.

De repente ella se enfrentó con una gran sorpresa: la visita de sus amigos campesinos, amantes de la flauta, quienes hacían sonar sus instrumentos. Sabiendo que Samuel no era ajeno a esto, le proporcionaba alegría el escuchar dichos sonidos. Mientras se gozaba atendiendo a dichas amistades.

En este momento fue cuando yo vi nacer en mi jardín secreto la **TRIGÉSIMA TERCERA FLOR**.

CAPÍTULO XXXIV
EN LA HACIENDA CERCA A MI MADRE

Toda la familia se preparaba para el gran día: «el nacimiento de Samuel». Había gran entusiasmo, el cual era compartido con el señor cura párroco y el doctor Juan María Aponte; éste último encargado de atender dicho parto.

Mi tía tenía a todos reunidos en la hacienda, esperando el dulce momento. Todos compartían su idea.

Samuel se hacía más fuerte entre más se acercaba la hora. A pesar de contar con poco espacio, mi tía no cesaba de sentir sus golpes a través del pataleo, y además movía mucho sus bracitos. Sus ejercicios eran practicados de manera diferente, ya que jamás renunciaría a ellos, pese a los inconvenientes.

No queriendo abandonar la chupadera de dedo, llegó a chuparse los dedos de los pies.

Continuaba abriendo y cerrando sus ojitos y a través del abdomen percibía los cambios de luz.

Después todo sucedió diferente, ya que era los movimientos de mi tía los que inquietaban a Samuel, interrumpiendo su sueño. Se acercaba el día del alumbramiento, y era cuando el niño necesitaba más los nutrientes necesarios para su desarrollo.

Ella se dirigió a la alcancía que había comenzado a llenar desde el día en que su bebé fue engendrado, y la alistó para abrirla en los próximos días.

Solo faltaba seis semanas para su nacimiento, momento que mi tía esperaba con ansiedad. Además de la felicidad de ver a su hijo que tanto amaba, también iba a disfrutar de su descanso, ya que podría dormir con tranquilidad.

Mientras todos esperaban con sed ese momento tan deseado, fue cuando en mi jardín secreto vi brotar la **TRIGÉSIMA CUARTA FLOR.**

CAPÍTULO XXXV
MI MADRE NO SE ARREPIENTE

Mi tía, luego de regresar de misa, se quedó en el jardín, para refrescarse con el viento y observar las mariposas que a menudo rodeaban la hacienda.

Mientras tanto Samuel traga gran cantidad de líquido y orina. Por otra parte, todos sus sentidos estaban funcionando, así como su sistema nervioso continuaba su madurez.

Viendo mi tía la cercanía del nacimiento de su hijo, le parecía ver el cielo ante sus ojos. Ella era muy amada por su hijo, ya que no convirtió su vientre en un sepulcro.

Cuando algo se da a Dios, Él envía muchísima bendición. Por eso digo a todas las madres: «Dios va premiar el nacimiento de su hijo. A través de él da la prosperidad, así que no lo abandonen, ni cuando está en el vientre, ni cuando esté fuera de él. No pensar que el hijo es una cruz, sino más bien, pensar lo triste que sería ser estéril, ya que la fertilidad es una gran bendición».

Mi tía convidó a mi madre a la misa en donde el señor cura en su predicación condenaba el **aborto**. Me sorprendí al ver que mi madre era indiferente a esto, como si no le interesara. Vi que en ella no había el más mínimo arrepentimiento. Al llegar a la casa se mecía en su hamaca, pero no pensaba ni un segundo en mí.

La mujer que mata a su hijo, debería pensar lo que pasará cuando ella sea anciana y sola. Anhelará a su hijo, pero ya no puede resucitarlo, y sí va a afrontar la soledad en medio de la debilidad, ya que nadie que no sea su propio hijo ayudará debidamente a un anciano.

Siempre consideré a mi madre la autora de mis días, pensando que ella enjuagaría mis primeras lágrimas, convirtiéndose en mi compañera de infancia. A eso se debió mi tristeza al saber que de ella no recibí lo que esperaba.

Mientras mi lamento continuaba y mi primo iba creciendo, vi que mi jardín secreto brotó la **TRIGÉSIMA QUINTA FLOR**.

CAPÍTULO XXXVI
LA FELICIDAD DE MI TÍA Y DE SAMUEL

Pensé en vano en el amor de mi madre. Recibí de ella lo que menos esperé. En vida de mi padre, creí que me amaba, pero solo me aceptó por complacerlo a él. Cuando no tenía a quien complacer, quiso librarse de mí.

Qué triste es saber que mi padre vivió pendiente que yo me encontrara bien, pero cuando el peligro vino a mí, ya no lo tenía a él para que me ayudara. Lo hubiera hecho con gusto, ya que fui el fruto de ese dulce y grande amor que siempre sintió por mi madre.

Ha sido demasiado duro, el saber que fue ella misma quien me puso espinas en el camino de la vida, y esas espinas impidieron que a mí llegara la luz.

Mi tía, que sí hizo la voluntad de Dios. Ella se gozaba al saber que los huesitos de su hijo ya se habían endurecido, excepto los de la cabeza, los cuales continuaban siendo blandos y sensibles, aun faltando solo cinco semanas para su nacimiento.

Samuel, gozando dentro del vientre, siempre quería festejar esa felicidad haciendo movimientos, los cuales cada vez se hacían más fuertes y vigorosos.

El hombre nace para amar y adorar a Dios, por lo cual es grave que se le impida el desarrollo de cualquiera de sus planes.

Cuando un escultor presencia la destrucción de una de sus obras, va a sentir un gran dolor. Si nosotros valemos más que una obra de arte, piensen cómo se sentirá nuestro creador cuando se destruye a una de sus criaturas. Él, al querer traer una vida a la tierra, le asigna un propósito.

Mientras yo meditaba en todo esto, vi brotar en mi jardín secreto la **TRIGÉSIMA SEXTA FLOR.**

CAPÍTULO XXXVII
SAMUEL LOGRA SU POSICIÓN DEFINITIVA

Mientras los invitados se deleitaban observando el hermoso atardecer, la hacienda de mi tía se encontraba adornada, como si estuviese organizada para una gran fiesta. Por todas partes reinaba la risa y la alegría.

El embarazo de mi tía aún no se daba por finalizado, a pesar de los pocos días que le quedaban. Ella solo quería tener pensamientos para su hijo. Pensaba cómo sería su cabecita, la cual ya estaría recubierta de cabello.

Ella esperaba con ansiedad la hora de poder observar su carita; mientras él se iba preparando para su recibimiento, ya que estaba completamente desarrolla- do y con su cabecita hacia abajo.

Mi madre se privó ella misma de la felicidad del gran día. No pensó que la bendición más grande para una mujer son los hijos y la bendición más grande de los hijos es disfrutar del amor de la madre.

Mi tía se encontraba desvelada y sentía golpecitos en la barriga, a la vez que ya sentía los bracitos y las piernas de su hijo.

El acumulaba cada vez más grasa y estaba midiendo de 48 a 51 cm, pesando más de seis libras, pero su cerebro y sus pulmones aún no habían completado su madurez.

Samuel continuaba recibiendo células de su madre y, a través de la placenta, recibía oxígeno, nutrientes y hormonas.

Como ya estaba cercano el día de salir al mundo exterior, él se propuso a adoptar su posición definitiva.

Mi tía, que todo lo observaba, se gozaba al ver que todos estaban pendientes del nacimiento del niño, lo que comprobaba que ella gozaba de mucho aprecio, como también su hijo, aunque no había llegado el momento de conocerle. Aun así, en la hacienda se encontraban muchísimos regalos para aquel que estaba a punto de nacer.

Observando todo esto, mi jardín secreto brotó la **TRIGÉSIMA SÉPTIMA FLOR.**

CAPÍTULO XXXIIX
PRESENTÍ EL OLVIDO DE MI ABUELITA

Toda la familia se hallaba reunida en la hacienda, junto con el doctor Aponte y el señor cura párroco. Todos compartían el gran piquete, pero mi tía ya era poco lo que comía.

Cuando yo observaba las manitas de mi primo, pensaba: «Quisiera que me agarrara uno de mis dedos al nacer. Pero esto no ocurriría, porque yo ya ni dedos tenía. La muerte me los había arrebatado».

Samuel ya tenía los órganos preparados para su salida, por lo cual estaba a punto de abandonar el útero. Se encontraba más tranquilo que en las semanas anteriores y se mantenía muy ansioso de llegar al mundo.

Como su cerebro estaba apto para recopilar mensajes, no fue ajeno a los campanazos que cada hora sonaban en el reloj de la hacienda.

Yo, al igual que todos los que lo rodeaban, siempre estaba pendiente de su nacimiento.

Mi abuelita, quien también era la suya, no se retiraba de mi tía, y pude percibir la ansiedad que tenía por ver a Samuel, por lo cual me entristecí y sentí celos al ver que ya se había olvidado de mí.

Samuel se encontraba en el pensamiento de todos los ahí presentes. Sus abuelitos paternos habían hecho un viaje muy largo hasta lograr llegar a la hacienda, en donde muchos esperaban con mucha ansiedad la llegada del bebé.

En espera de este momento inolvidable fue cuando mi jardín secreto brotó la **TRIGÉSIMA OCTAVA FLOR.**

CAPÍTULO XXXIX
PREPARADOS PARA RECIBIR A SAMUEL

Sonó un golpe en la puerta, el cual percibió Samuel. Era un grupo de amigos que se estaban preparando para la celebración que se aproximaba.

A pesar de aún no haber nacido, mi abuelita observaba todo y dos lágrimas de felicidad rozaron su rostro.

El festejo se iba adelantando. Grandes ramilletes de flores llegaban a manos de mi tía, lo que la llenaba de ternura.

Ella le pidió al párroco que tomara asiento, pero él prefirió ayudar a la decoración que se estaba haciendo, para recibir a Samuel. En cualquier momento, los estaría acompañando.

Mi tía le dijo que había decidido que Samuel fuese bautizado en la hacienda antes de volver a la ciudad, por eso le pidió al doctor Juan María que le atendiera el parto, y enseguida nombró a mi madre y a su esposo como padrinos.

El señor cura se mostraba como una persona muy sencilla a pesar de ser tan ilustre. Mi tía lo admiró y le agradeció su visita.

Samuel continuaba con la cabeza bajo el útero, ya que esta era la posición definitiva que tendría al nacer. Su cordón umbilical era tan grande como él.

Cualquier movimiento era demasiado molesto para su madre; pero, aun así, quería seguir siendo activo hasta llegar la hora del alumbramiento.

Por un momento me detuve observando el exceso de cultivos que Dios provee al hombre para su alimentación y solo pensé: «Es demasiado y hace falta quien los consuma. Si a todos los niños los dejaran nacer, para todos habría porción».

Mientras meditaba en todo esto mi jardín secreto brotó la **TRIGÉSIMA NOVENA FLOR**.

CAPÍTULO XL
EL NACIMIENTO DE SAMUEL

Estaba amaneciendo cuando el cantar de los pajarillos esparcía ternura. De repente me llené de emoción al escuchar el llanto de un recién nacido y adiviné lo que pasaba: acababa de nacer Samuel.

Todos se acercaban para conocerle. Samuel estaba despierto y sus ojos permanecían abiertos. Allí se encontraba el grupo familiar, mientras mi tía lo tomaba en sus brazos con mucho amor.

Nació confuso y aturdido. Para él era una nueva experiencia el enfrentarse al mundo de lo desconocido.

A pesar de yo estar contento con su llegada, dentro de mí se cruzó un río de amargura, ya que no podía disfrutar de estos momentos. Era el día y la hora en que yo debería haber nacido. Pero me fue negada la oportunidad de hacer escuchar mi primer llanto.

Yo solo pensaba: «Ojalá mi madre fuera como mi tía, para que me hubiera brindado amor y se gozara con mi nacimiento». Me quedé pensando en ella y lo único que hice fue seguir escribiendo en su corazón:

Oh, madre querida, fue por tu rechazo,
Que preciso hoy no escuchan mi llanto,
De todas maneras, yo te sigo amando
Y solo a ti quiero componer mis cantos.

De repente aparecieron con gran entusiasmo los amigos músicos de mi tía. Samuel ya estaba fuera del vientre, pero seguiría recibiendo de su madre los anticuerpos a través de la leche materna.

Ya había adquirido su propia personalidad y su comportamiento sorprendía sobremanera a mi tía.

Cuando él quería llamar la atención, se ponía a llorar, como también cuando quería pedir su alimento. También lo hacía al sentirse solo, insinuando que lo alzaran, ya que de esta forma él se sentía acompañado.

Sus ojitos se encontraban muy abiertos y él estaba muy sensible, cuando mi tía lo tomó en sus brazos, ofreciéndole la leche materna como medio de alimento.

Cristo se hizo presente y reclamaba mi llanto, porque ese mismo día debieron haberlo escuchado y me parecía oír la voz de Él, como diciendo: «Jonathan, ¿por qué no lloras?».

Vi cómo el esposo de mi madre, tomaba a Samuel entre sus brazos, a la vez que dijo a ella: «Próximamente estaremos arrullando a un hijo nuestro, que es mi mayor anhelo. Espero que ese momento no tarde».

«Todo tiene su tiempo» dijo mi madre. «Sé que no tardaré en darte la noticia».

En este instante mi jardín secreto brotó la **CUADRAGÉSIMA FLOR**. Esta fue la última flor, ya que nuestros jardines dejaron de florecer. El jardín de Samuel dejó de florecer, porque ya dio su fruto y mi jardín dejó de florecer porque lo convertí en mi tumba al cumplirse las cuarenta semanas.

CAPÍTULO XLI
DE TODOS YO SENTÍA CELOS

Yo solo pensaba: «Madrecita, yo quise verte rociando mi jardín y que yo fuera el fruto de él, pero qué tristeza que ni siquiera me viste nacer».

Mi tía, quien tuvo la dicha de ver nacer a su bebé, se retiró para darle de mamar, al haber escuchado su llanto. Lo reconocía con facilidad, al igual que la gallina cuando escucha la voz de sus polluelos.

Nunca pensé que mi amigo útero, quien me hizo tan gran recibimiento, que fue mi albergue y me dio mi alimento; fuera más tarde a convertirse en mi ataúd.

Algunas madres toman esta decisión por tener varios hijos, pero yo me pregunto: «¿Por qué mi madre hizo esto siendo yo su único hijo?».

No me canso de preguntarle: «Madre, ¿por qué fui expulsado? Dime si fue que me porté mal cuando estuve dentro de tu vientre. Yo no te mandé que me engendraras. Quien te mandó fue mi creador. Habla con Él y pregúntale porqué lo hizo; porqué te escogió para que fueras mi madre. Esas preguntas, solo Él te las puede responder».

Mientras meditaba, presencié el bautizo de mi primo. Ese día llevaron una orquesta y hubo una gran fiesta.

Me entristecí al ver a mi madre consintiendo a Samuel y saber que no compartía conmigo esos besos y esas caricias. Parecía que él me las hubiera robado. Yo sentía sed de estar en su lugar, ya que mi madre, teniéndolo a él en brazos, aparentaba ternura, se veía como una santa, pero dentro de ella había un torbellino de maldad, aunque estaba vestida de beata.

Yo estaba pendiente por saber si en algún momento ella se acordaba de mí; pero comprobé que me había olvidado por completo.

Su esposo llegó hasta ella y le dijo: «Hemos perdido mucho tiempo, pensando solo en diversión y en negocios, ya es hora de que nos vayamos preparando para cuando venga nuestro hijo».

Me molestaba que mi madre estuviera anhelando un hijo, sin recordarme para nada y al lado de un hombre diferente a mi padre.

CAPÍTULO XLII
CONSECUENCIAS DE MI ASESINATO

Pude ver como Samuel creció y llegó al uso de razón. Su madre vivía contenta al ver que su infancia se iba desarrollando y se deleitaba ante todas sus actuaciones.

En el octavo año de matrimonio, mi madre recibió unas palabras de su esposo: «Cuando te vi arrullando a Samuel, pensé que mi felicidad era verte arrullar a un hijo nuestro, ya que te veías tan tierna. Pero nunca me diste esa dicha; me equivoqué al elegirte esposa».

Mi madre, al carecer de conciencia, dio muerte al fruto de sus entrañas, lo cual dio como resultado la esterilidad, y más adelante quedó clamando y llorando por un hijo que jamás llegó. Por esta causa su esposo tomó la decisión de abandonarla.

Jamás previno que la decisión tomada por ella la fuese a destruir.

Como consecuencia de mi asesinato, quedó sin hijo, sin esposo y sin órganos reproductores, como quien dice: una vida vacía.

Samuel a toda hora se veía gozoso. Por las mañanas se dedicaba a orar tan pronto oía el alba y la evangelización era siempre su tarea vespertina. La gente se gozaba mucho al escuchar palabras sabias de boca de un infante.

Todo lo que él hacía era maravilloso, pero nada compartía conmigo. No lo podía ver jugar ni correr ni llorar, ya que yo era un **NO NACIDO**.

La misión de Samuel era parecida a la que mi Señor me había encomendado, pero se diferenciaba en que yo había sido designado para llevar la palabra de Dios en la ciudad, mientras Samuel se encargaba de predicar en el campo.

Él observaba la cacería, pero jamás participaba de ella. No se sentía capaz de matar un animal ni tampoco de comer su carne. Solo comía pescado que era lo único que hacía parte de su alimentación, puesto que no había que matarlo, sino que moría al salir del agua.

El amanecer era para él un deleite. Sentía ternura al recibir un nuevo día y lo primero que hacía al despertar era ponerse en oración.

Al encontrarse con una mujer campesina que cantaba hermoso, le habló de la palabra divina y, le propuso cantar para el Señor y al simpatizar con él, aceptó gustosa.

Los ojos de la joven campesina eran negros y con alargadas pestañas, y a pesar de la corta edad de Samuel veía en la mujer un atractivo rostro, aunque sus pensamientos eran inocentes.

Al observar el campo, Samuel lo asemejaba a un paisaje pintoresco. Los grandes y hermosos helechos que allí colgaban, daban mucha vida a este lugar.

Lo invitaron a celebrar la fiesta de San Juan, lo cual él rechazó con mucha sabiduría, teniendo la oportunidad de continuar predicando.

«¡Qué hermosa tarea!», pensaba yo, y qué tristeza me daba no estar compartiendo algo tan maravilloso.

Mi madre, al sentirse abandonada, procuraba buscar compañía masculina, pero todo se fue en contra de ella: fue estafada por todos, y llegó a la más completa miseria, acompañada de la más triste soledad.

CAPÍTULO XLIII
MI PRIMO CONVERTIDO EN ADULTO

Samuel creció y se convirtió en adulto. Yo me quedé pensando en mi madrecita, ya que quise llegar a grande y estar con ella en su ancianidad, para cuidarla y ser siempre su compañía.

Mi primo sirvió al Señor. Durante este proceso recibe muchas bendiciones y fue grande ante los ojos del Altísimo, mientras que yo, por haber sido expulsado del vientre, no pude hacer la obra encomendada por Él.

Había muchas cosas trazadas para cuando yo naciera, pero todo lo derrumbó mi madre con su pecado.

Samuel evangelizaba y ganaba muchas almas. Ayudó a los que se estaban perdidos y los llevó hacia el Señor. Yo lloraba sabiendo que no podía colaborar con esta obra, en la cual mi primo iba perseverando y dedicado totalmente a ella. Se enamoró de una mujer de Dios, con quien más tarde contrajo matrimonio y tuvo dos hijos mellizos: varoncito y hembra.

Mientras él se deleitaba con su matrimonio y continuaban perseverando en la obra del Señor, yo no cesaba de buscar a mi madre.

En el campo se hablaba de un fantasma a quien llamaban la Coy y de muchas supersticiones, que inquietaban a los campesinos, como también de muchos agüeros, pero Samuel los sacó de la ignorancia haciéndoles cambiar su forma de pensar a través de la palabra divina.

Llegaron a amarlo mucho, ya que en él no existía discriminación hacia nadie, y como logró que mucha gente se convirtiera al Señor, fue todo un poderoso guerrero.

Vi como vivía en defensa de los que estaban en peligro, que llegaron a llamarlo el héroe. Observaba las cosas maravillosas que él hacía y mi más grande sufrimiento era saber que yo a mi Señor no le servía para nada.

Estando yo con mucha sed de Dios, lo sentí que vino hacia mí y me dijo: «tu tiempo se ha cumplido. Cuando fuiste engendrado, te destiné el día y la hora en que finalizara tu estadía en la tierra y esa hora ha llegado. Ya no estarás más aquí porque tu sitio es otro». Enseguida marché con Él para un sitio llamado el paraíso y en este instante se borraron en mí las huellas del dolor, al haber hallado un nuevo refugio.

Allí quedé muy lejos de mi madre, pero ya no sentía la necesidad de buscarla. Descansé al haber salido de la tierra que para mí solo representó tinieblas y sombra de muerte, donde solo reina la obscuridad.

Pasado un tiempo, desde el paraíso vi la muerte de mi abuelita, pero me dio alegría, porque allí yo la estaba esperando.

Mi madre lloraba mucho la muerte de su progenitora, ya que era la única persona que estaba a su lado, ahora se sentía completamente sola y su vejez sería amarga.

CAPÍTULO XLIV
MI PRIMO CONVERTIDO EN ABUELO

Mientras yo estaba en el paraíso, los hijos de Samuel crecieron y le dieron nietos con los cuales compartía la palabra de Dios.

A pesar de sus años, Samuel madrugaba, tomaba su caballo y se iba a evangelizar en diferentes pueblos.

La hacienda donde él vivía, era hermosa y brillaba el orden por todas partes. Cualquiera se deleitaba observando las aves que allí ocultaban sus nidos.

Presencié la muerte de mi madre y sufrí mucho al saber que murió sin haber aceptado al Señor en su corazón.

Samuel, luego de asistir al funeral de mi madre, continuó trabajando en la evangelización.

Al amanecer del día siguiente, luego de estar buen tiempo en oración. Se dedicó a la pesca. Su última tarea era ordeñar.

A mi tía la visitaban constantemente hacendados y ella se gozaba con el trato que le daban. Su muerte fue al lado de ellos y yo me gocé viéndola llegar al paraíso.

Samuel llegó a su Quinta en Bogotá, acompañado de su esposa y de sus hijos. Dicha Quinta tenía dos patios hermosísimos, ambos cubiertos de enredaderas.

Cuando la gente iba a escuchar las predicaciones, se gozaban mucho. Yo que tanto sufrí sin ver la luz, ahora vivía nuevamente con la luz quien era mi compañía. Allí ya no existía para mí tormento ni llanto.

Desde el paraíso presencié la muerte de Samuel, murió en gran vejez y lleno de años. Disfrutó de lo que yo no pude.

Cuando estaba en la tierra, afronté momentos difíciles y atravesé duras pruebas a pesar de que Dios estaba de mi parte. Es muy triste vivir en un mundo donde lo material es más importante que los sentimientos.

Mi Señor me dijo: «No existe un ser al que Yo le haya dado la facultad de ver el futuro, pero a ti te la daré».

CAPÍTULO XLV
JUICIO PARA TODOS

Mi Señor llega hasta mí cumpliendo su promesa, y cuando miré hacia el futuro, lo que pude observar fue **EL JUICIO FINAL A TODAS LAS NACIONES.**

Lo primero que vi fue el juicio para el pueblo de Dios: Él reclamaba diligencia de muchos que habiéndole conocido no le sirvieron. Luego de terminado este juicio, juzgó a los que nunca le siguieron, unos porque no tuvieron la oportunidad de escuchar su palabra y otros porque la rechazaron.

Vi pasar a juicio la mujer, la cual se oía hablar de ella como la mujer perfecta y me sorprendí demasiado al ver que pasó a la fila de los condenados.

Luego siguió la que todos consideraban la más malvada, y para la cual se esperaba condenación, pero fue llamada al Reino de Dios, ya que lo que se hablaba de ella era falsedad. Y todo el juicio se hacía contrario a los pensamientos de los hombres, en el cual se cumplía la palabra del Señor: «Mis pensamientos no son tus pensamientos».

Cuando mi madre llegó donde Él, mi Señor le dijo: «¿Dónde está Jonathan?».

«No sé quién es Jonathan». Respondió mi madre.

Mi Señor respondió: «El que Yo envié al mundo con una gran misión que no pudo cumplir, porque al igual que una rata, él fue expulsado de tu vientre. El mismo que utilizaste para ofrecer sacrificio de sangre a Satanás y, no valorando el sacrificio de sangre que Yo hice en la cruz del calvario; diste entrada al demonio de la muerte».

Mi madre no soportaba la mirada de Cristo, quien a la vez voltea a mirar al abortista y a los que estuvieron de acuerdo con este homicidio.

Todos los abortistas y las mujeres que expulsaron el fruto de su vientre, junto con todos los participantes, son sorprendidos en el juicio final, sin haber tenido un verdadero arrepentimiento. Se encuentran desesperados ante la mirada de Cristo y suplicaban a los montes que los aplastara, pero estos no los escuchaban.

Ellos suplicaban: «Apárteme de los ojos de Aquel que está sentado en el trono» **(Apocalipsis 6:17-18)**. Por todas partes buscaban la muerte, pero ésta huía de ellos. **(Apocalipsis 9:6)**.

Mi madre no cesaba de recordar cuando mi Cristo golpeó en su corazón, pidiéndole que se arrepintiera, de haber cometido el pecado más grave de la humanidad y que, a pesar de todo, Él vino a ofrecer perdón y vida eterna. Fue cuando Él dijo: «Hoy he venido a golpear en la puerta de tu corazón como un mendigo».

El Señor le dice: «Tú sabías que, aunque eran hombres los que hablaban contigo, ellos eran mis enviados, o sea que esa voz era la mía».

También mi madre recordó a sus amigas que sí lo habían aceptado, las cuales quebrantaron su corazón, cayendo de rodillas ante Él con un verdadero arrepentimiento y aborreciendo su pecado. Se propusieron a alabarle y predicar su palabra. Mientras tanto ella había rechazado tan sublime mensaje y no había querido arrepentirse.

Mi Señor habló con ella: «En aquellos días yo te dije: he aquí que Yo llego a tu puerta y llamo. El que oye mi voz y abre la puerta entraré a él y cenaré con él y él cenará conmigo» **(Apocalipsis 3:20)**. «Fue mucho lo que te hablé, pero no me quisiste escuchar; hoy ya es demasiado tarde, porque el tiempo se acabó».

Y volteando a mirar al abortista a la vez que hablaba con mi madre, dijo:

«Quisieron pecar contra mí con tal de estar bien ante la gente, pero esa risa y esa supuesta tranquilidad será reemplazada por tormento y llanto. Ha llegado el juicio para los asesinos y participantes de holocausto».

El Señor dijo a mi madre y a quien me sacó del vientre: «Me responden por todas esas muertes causadas por ustedes».

Mi madre dijo: «¿Cuáles muertes, si fue una sola?» El señor dijo: «¿Recuerdas el ruido que era como el bramido del mar y el sin número de bocas que clamaban y lloraban? Todos ellos son la generación de Jonathan. Al matarlo a él, mataron a sus hijos, sus nietos, sus bisnietos, tataranietos etc. Mataron a una generación completa».

Fueron muchos los que clamaban que no les impidieran el paso por la tierra, pues hasta reyes y profetas iban a salir de esa genealogía.

Piense donde estaría usted si hubieran matado a su abuelo. Seguro que en la nada.

Me responden por los niños que murieron por falta del albergue que iba a fundar Jonathan, por los ancianos que murieron de frío al faltarles el albergue, porque Jonathan no estaba con ellos. Me responden por los que murieron en el vicio, y por los jóvenes que se perdieron porque no hubo quien les hablara.

Cuando se interrumpe una vida, se está evitando el nacimiento de muchos: «los que Yo había elegido para que en un futuro vinieran a la tierra y, ya había trazado para ellos proyectos maravillosos».

Las mujeres que habían expulsado el fruto de su vientre, entre ellas mi madre, junto con los abortistas, y los mandatarios corruptos que autorizaron el aborto, fueron lanzados por el Señor al lago de fuego que arde con azufre donde se llora y se cruje los dientes.

Allí es donde oyen sin cesar mi llanto, suplicando que me calle, pero no lo logran. Esta súplica es constante, como constante es mi llanto.

Ellos le piden a mi Señor que me mande callar y Él les responde: «Cuando mi anhelo era escuchar ese llanto, ustedes no pensaron en mí, sino que me impidieron escucharlo, evitando dicho nacimiento, cuyo momento era mi deleite, porque sabía que empezaría mi obra en la tierra».

Terminado el juicio, volví nuevamente con mi Señor, el cual me llevó hacia el cielo, para gozar de su presencia, y allí finalizó el clamor de Jonathan.

Pero mientras me encontraba en el cielo, gozándome con mi Señor, ellos en el lago de azufre escuchaban perpetuamente mi llanto. Entre más suplicaban que me callara más lo escuchaban, aunque yo ya no lloraba; solo que la voz de la conciencia estaba reflejada en ese llanto el cual los atormentará por los siglos de los siglos.

FIN

www.ingramcontent.com/pod-product-compliance
Lightning Source LLC
LaVergne TN
LVHW091554060526
838200LV00036B/828